ne plus jamais s'ennuyer

Illustrations
Élisa Géhin

Direction éditoriale
Thomas Dartige
Édition
Dorothée Rothschild
Direction artistique
Élisabeth Cohat
Conception et réalisation graphiques
Marguerite Courtieu
Fabrication
Christophe de Mullenheim et Pascale Le Roch

ISBN 978-2-07-062534-5

Dépôt légal : juin 2009
Numéro d'édition : 166819
Loi n° 49-956 du 16 juillet 1949
sur les publications destinées à la jeunesse
Photogravure : Scanplus
Imprimé par Zanardi Group en Italie

Yves Cohat

ne plus jamais s'ennuyer

VILLE

GALLIMARD JEUNESSE

Sommaire

DÉCOUVRIR

IDENTIFIER

ACTIVITÉS

CONSEILS PRATIQUES

ne plus jamais s'ennuyer

Vive les vacances !

En Europe, même si tout le monde ne part pas en vacances, la plupart des gens profitent chaque été de quelques semaines pour se reposer de la fatigue de l'année.

Tout s'arrête

Entre juillet et août se déroule la grande migration estivale pendant laquelle les vacanciers se ruent, par millions, vers les plages de l'Atlantique et de la Méditerranée, dans les villages et les hameaux de l'arrière-pays ou sur les pentes herbues des Alpes et des Pyrénées.
C'est une période pendant laquelle la France, comme la plupart des pays européens, calque son rythme sur celui de l'école. La cadence et l'intensité du travail ralentissent dès le début du mois de juillet. En août, le pays dort, les bureaux se vident et les rues des villes sont désertes... ou presque.

Partir ?

Tout le monde ne part pas en vacances. La grande migration estivale ne concerne environ que 65 % des Français. Parmi ceux qui ne se déplacent pas l'été venu, les habitants des villages de campagne isolés et ceux qui vivent le long du littoral sont les plus nombreux.
Certains ne partent pas par choix, d'autres à cause d'une maladie ou bien pour des raisons professionnelles ; beaucoup d'enfants ne partent pas en vacances par manque de moyens.

Les vacances d'été des Européens

PAYS	DURÉE
Allemagne Danemark Royaume-uni Lichtenstein Pays-Bas	6 semaines
Suisse Norvège Autriche	8 semaines
Belgique France Irlande Lituanie Luxembourg République tchèque Serbie	9 semaines
Slovaquie Bosnie-Herzégovine Croatie Finlande Grèce Macédoine Pologne Slovénie Suède	10 semaines
Bulgarie Chypre Hongrie Malte Roumanie	11 semaines
Espagne Italie Portugal	12 semaines
Estonie Islande Lettonie	13 semaines

Les écoles en vacances

En Europe, les rythmes scolaires diffèrent selon les pays. Certains, comme la France, ont une organisation très centralisée : le gouvernement fixe les dates de vacances qui sont les mêmes pour tout le pays. En revanche d'autres États, comme l'Allemagne, laissent à chaque région le pouvoir de fixer ses dates. Parfois encore, comme au Danemark, le gouvernement donne un calendrier scolaire à titre indicatif, c'est-à-dire que chaque ville peut changer ces dates en fonction de sa situation.

Des vacances en ville ?

Les villes ne sont pas que des lieux de travail et d'ennui, ce sont aussi de magnifiques destinations de vacances pour qui sait en découvrir les secrets et les mystères.

Réussir ses vacances en ville

Beaucoup de jeunes passent leurs vacances en ville. Certains le font à cause du manque d'argent, d'autres par choix ou par opportunité, parce qu'on les a invités ou parce qu'ils accompagnent des membres de leur famille.
Or, la plupart des gens n'imaginent pas que l'on peut se détendre et s'amuser ailleurs qu'à la mer, à la montagne ou à la campagne. C'est d'ailleurs pourquoi la plupart des citadins, dès qu'ils ont un moment de liberté, sautent dans le train ou prennent la route pour fuir le bruit, les embouteillages et la pollution des grandes cités modernes.

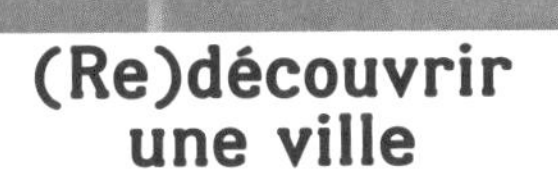

(Re)découvrir une ville

Pourtant une ville est un extraordinaire terrain d'aventures, riche en événements inattendus pour qui sait l'explorer. On peut y admirer, bien entendu, ce qu'on appelle le patrimoine, c'est-à-dire les monuments, les musées, les paysages qui font sa spécificité et son identité culturelle.
Mais on peut aussi y mener des expériences inoubliables comme pique-niquer dans un parc ou prendre un autobus au hasard, aller jusqu'au terminus et découvrir des quartiers méconnus. Des vacances en ville sont aussi le moment idéal pour recevoir ses amis et organiser des fêtes ou des repas. C'est enfin une période propice pour changer ses habitudes de vie et se mettre en état de découverte en observant par exemple comment plantes et animaux s'adaptent au béton et au bitume…

De ville en ville

Alors que la gare de chemin de fer occupe un espace central dans la ville, les aéroports, bâtis loin des murs de la cité, ne sont que des lieux de passage.

La gare, un nouveau centre urbain

Les gares sont apparues au XIXe siècle, époque à laquelle le réseau ferré connaît un développement fantastique. Les grands pays comme la France et l'Angleterre se couvrent alors de gares de chemin de fer. À Paris, par exemple, le trafic des voyageurs explose avec le développement de la banlieue : on construit 6 gares entre 1837 et 1849. Ces imposants bâtiments à l'architecture très travaillée symbolisent la modernité et jouent le rôle de porte d'entrée sur la ville ou sur le voyage. Après l'électrification des voies à la fin des années 1950, la grande révolution a été l'arrivée des trains à grande vitesse.

2001 : Le prolongement de la ligne jusqu'à Marseille permet de réduire la durée du trajet à 3 h.

1994 : La ligne est prolongée jusqu'à Valence, le TGV met 4 h 08 min entre Paris et Marseille.

1983 : Avec la ligne TGV Paris-Lyon, Marseille est à 4 h 52 min de Paris.

1962 : La mise en service du Mistral abaisse le temps à 7 h 10 min.

1937 : Le train ne met plus que 9 h.

1900 : Le trajet Paris-Marseille demande 12 h 18

L'aéroport, au carrefour du monde

Aujourd'hui, grâce à l'avion, la terre entière s'offre aux voyageurs, qu'ils soient hommes d'affaires pressés ou touristes. Et cela d'autant plus facilement que les compagnies aériennes *low-cost* (à bas prix) mettent le transport aérien à portée de toutes les bourses. La plupart des villes sont donc équipées d'aéroports où tout est mis en œuvre pour que les avions restent le moins de temps possible au sol. Les passagers du dernier vol à peine descendus, les pilotes préparent déjà leur *check-list* de décollage, pendant que des employés nettoient la cabine et que d'autres font le plein de kérosène. Dans la salle d'attente, les prochains candidats au voyage sont prêts à embarquer.
Ainsi plus de 150 millions de voyageurs se croisent, chaque année, dans les aéroports français.

Bus, tram et métro

À cause des embouteillages et de la pollution, l'époque de la voiture en ville semble révolue : voilà venu le temps des transports en commun.

À pied, à cheval et en... métro

Pour transporter leurs habitants, les villes ont adopté toutes sortes de moyens différents, au fur et à mesure des progrès techniques. Jusqu'au XIIIe siècle, on circule à cheval ou on marche à pied.

- Puis, au XVIIe siècle, apparaissent les carrosses et les chaises à porteurs de louage réservés à la noblesse.
- Au XVIIIe, les bourgeois fortunés se déplacent en fiacre, ancêtre du taxi.
- Au XIXe siècle, on circule à bord des omnibus, des voitures à impériale tirées par des chevaux.
- Les tramways qui les remplacent ensuite abandonnent la traction animale au profit de la vapeur puis de l'énergie électrique.

- Puis, c'est l'invention du métro. Le premier est inauguré à Londres, en 1863 ; il fonctionne à la vapeur. Istanbul a le sien en 1871 et Budapest en 1896. À Paris, la première rame est mise en service le 19 juillet 1900, sur la ligne numéro 1 qui relie la porte Maillot à la porte de Vincennes.
- Enfin, les premiers autobus à moteur apparaissent lors du Salon de l'automobile de 1905. Ils comportent deux classes : la première correspond à l'intérieur de la voiture, la deuxième aux places situées sur l'impériale, à l'air libre.

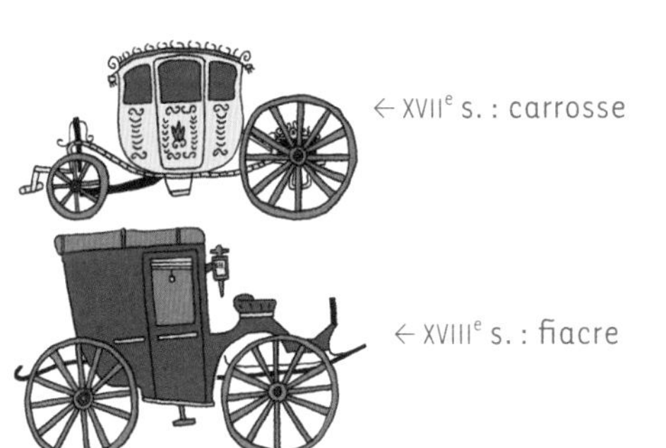

↙ 1881 : tramway électrique

← 1900 : métro

← 1912 : autobus à moteur

Se déplacer en ville

Moyen de transport	**Vitesse**
Métro	27 km/h
Tramway	18 km/h
Voiture	16 km/h
Bus	9 à 12 km/h *dans les couloirs réservés*

Dans une ville comme Paris, 68 % des déplacements sur la voie publique (hors métro) se font à pied contre 20 % pour la voiture et 12 % pour les autobus et les taxis.

Tous à vélo !

Même si on a coutume de dire qu'en ville rien n'est jamais vraiment loin, les citadins sont des gens qui se déplacent beaucoup à pied, en autobus et, maintenant, à vélo !

La fin d'une époque

Après des décennies de règne sans partage, la voiture est de moins en moins compatible avec la ville. Polluante, bruyante, dangereuse et gourmande en espace, on limite sa vitesse à 30 km/h ou bien on lui interdit d'emprunter certaines voies afin que les piétons ou les cyclistes puissent flâner en toute sécurité. Un jour prochain sans doute, les conducteurs d'automobiles devront payer pour entrer dans les villes.

Essayer le vélo, c'est l'adopter

En France, avec à peine 90 km par an, nous sommes encore très loin derrière nos voisins néerlandais, qui, chaque année, parcourent plus de 1 000 km à vélo. Toutefois, les cyclistes sont de plus en plus nombreux car, grâce à la bicyclette, tous les lieux sont accessibles et circuler en ville devient agréable, rapide et bon pour la santé. Pour améliorer la sécurité, les municipalités aménagent des pistes cyclables. Et puis il y a désormais les vélos en libre service qui permettent à n'importe qui et à moindre coût d'emprunter une machine pour, en quelques coups de pédales, rejoindre n'importe quel endroit de la ville.

Quelques règles de sécurité

L'utilisation d'un vélo en ville impose une grande prudence :

- Comme les conducteurs des autres véhicules, respecte le **code de la route** et en particulier la priorité à droite, les feux tricolores, les stops.
- Rouler à vélo ne t'autorise pas à emprunter les **sens interdits**.
- Circule **à droite** de la chaussée et ne gêne pas le passage des voitures.
- Ne roule que sur des **voies autorisées** pour les vélos.
- Prends garde au conducteur ou au passager des **voitures garées** qui peuvent ouvrir brutalement leur portière.
- Signale **avec le bras** tes changements de direction et regarde derrière toi avant de tourner.
- Veille à ne jamais te trouver dans l'**angle mort** des gros véhicules comme les camions ou les autobus : ne te tiens pas derrière eux et ne les dépasse pas par la droite. Garde à l'esprit que, si tu ne vois pas le conducteur, il ne te voit pas non plus.
- Ne **téléphone** jamais en roulant.
- Ne monte pas et ne roule pas sur les **trottoirs**. En zone piétonnière, le vélo est seulement toléré, il faut donc rouler doucement.
- Porte des **éléments réfléchissants** et un **casque**.

Pliages malins

Quelques pliures et rabats suffisent à transformer un morceau de papier plat en un objet en trois dimensions avec lequel s'amuser !

La toupie à effet d'optique

Il te faut deux feuilles de papier de couleurs différentes de 15 cm x 15 cm et un cure-dent. ❶ Plie chaque feuille en trois pour obtenir une bande de 5 cm sur 15 cm. ❷ Plie les extrémités de chacune des bandes en rabattant les coins. ❸ Superpose les deux bandes. ❹ Plie une pointe vers l'intérieur. ❺ Plie la pointe suivante de la même façon afin qu'elle se superpose à la première et répète l'opération avec la troisième pointe. ❻ Plie enfin la quatrième et dernière pointe et insère son extrémité sous la première pointe afin de bloquer ton pliage.

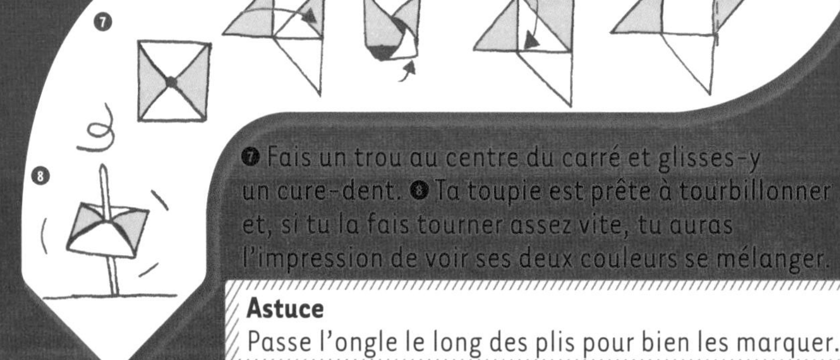

❼ Fais un trou au centre du carré et glisses-y un cure-dent. ❽ Ta toupie est prête à tourbillonner et, si tu la fais tourner assez vite, tu auras l'impression de voir ses deux couleurs se mélanger.

Astuce
Passe l'ongle le long des plis pour bien les marquer.

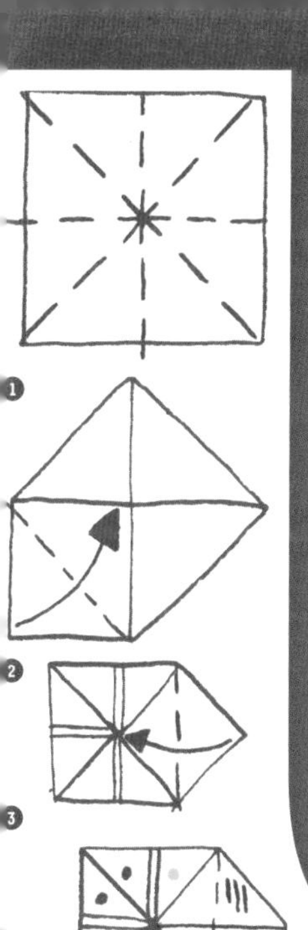

La cocotte de bonne aventure

❶ Plie une feuille de papier carrée selon les 2 médianes et les 2 diagonales puis déplie-la.
❷ Rabats les 4 angles vers le centre.
❸ Retourne le pliage et rabats encore chaque angle vers le centre. Retourne à nouveau le pliage et replie une dernière fois les 4 angles au centre. Tu obtiens d'un côté 4 triangles et de l'autre, 4 carrés.
❹ Marque chacun des 8 triangles à l'intérieur de la cocotte d'un point de couleur différente ou d'un dessin. Dans les triangles, écris des messages comme : « Tu vivras plus de 100 ans», « Tu deviendras célèbre», « Tu auras 3 enfants», etc.
❺ Glisse un doigt dans chaque carré pour mettre en forme la cocotte. Demande à un ami de choisir un nombre au hasard entre 1 et 12, et ouvre et ferme la cocotte autant de fois qu'on te l'a demandé. Laisse-lui choisir le triangle qu'il veut soulever et lis-lui le message qui s'y trouve.

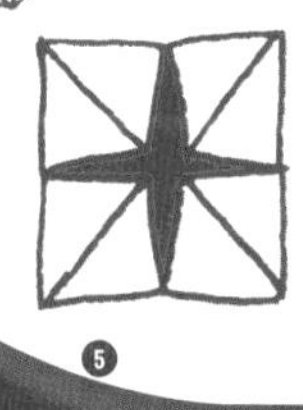

Un papier carré

Pour transformer une feuille de papier rectangulaire en papier carré, il suffit de rabattre un coin de la feuille le long du côté opposé. Enlève alors la bande de papier qui dépasse et tu obtiens une feuille carrée !

Quel temps va-t-il faire ?

Pour prévoir le temps, les météorologues effectuent de nombreuses mesures de l'atmosphère. Ils les étudient et les combinent entre elles afin de prévoir l'évolution des masses d'air qui circulent au-dessus de nos têtes.

Météorologue amateur

Prévoir le temps suppose une surveillance permanente du ciel avec des outils technologiques très sophistiqués. Mais les hommes n'ont pas attendu d'avoir toute cette technologie pour tenter de percer les mystères du ciel et pour chercher à savoir ce que les caprices de la météo leur réservaient.

La couleur du ciel

- Ciel d'un bleu lumineux ou ciel nocturne clair : **beau temps le lendemain**.
- Brume et ciel passant du bleu au blanc ou au gris : **changement de temps**.
- Ciel rose au coucher du soleil : **beau temps**.
- Ciel rouge le matin : **mauvais temps**.

Les vents

- Vents d'ouest et du sud : **temps pluvieux et chaud**.
- Vents du nord et de l'est : **temps sec et froid**.
- Pas de vent, la fumée s'élève à la verticale : **temps stable**.
- Fumée rabattue vers le sol : **changement de temps**.

Les animaux

- Les pigeons volent en battant fortement des ailes : **vent**.
- Les hirondelles et martinets volent en rase-mottes : **pluie**.
- Les fourmis se déplacent vite : **beau temps**.
- Les abeilles et les taons sont agressifs : **orage**.

Fabriquer une station météo

Prévoir le temps est un travail de spécialiste, mais pourquoi ne pas construire une station météorologique qui te fournira des indications fiables sur l'évolution du temps ?

Un baromètre sous pression

Le baromètre mesure la pression atmosphérique, c'est-à-dire le poids de la couche d'air au-dessus du sol en un endroit et à un moment donné. Pour construire un appareil de ce genre, il te faut un bocal en verre, un ballon à gonfler, du ruban adhésif, une paille et une gommette.

❶ Découpe le ballon afin de n'avoir qu'une seule épaisseur de caoutchouc.

❷ Ferme hermétiquement le bocal avec le ballon. Attache-le avec du ruban adhésif de façon à ce que l'air ne passe pas.

❸ Colle la paille à la surface du ballon à l'aide de la gommette ou d'un point de colle.

❹ Et voilà, le baromètre est maintenant terminé. Par mauvais temps, le poids de l'air diminuant, le ballon se bombera et la paille pointera vers le bas. En revanche, sous une zone de haute pression qui annonce généralement du beau temps, le ballon s'enfoncera en faisant monter la paille.

Cheveu indicateur

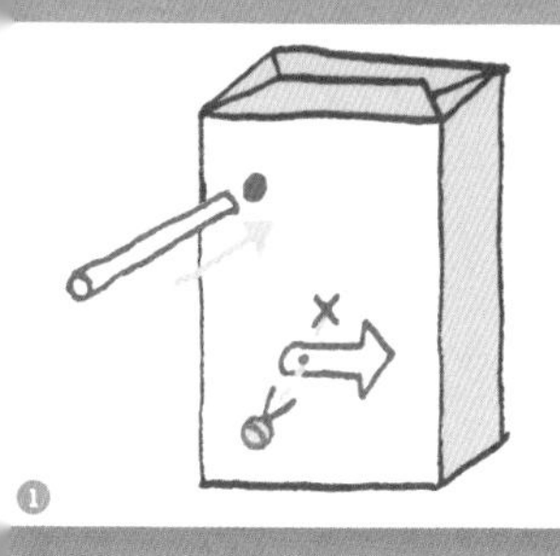

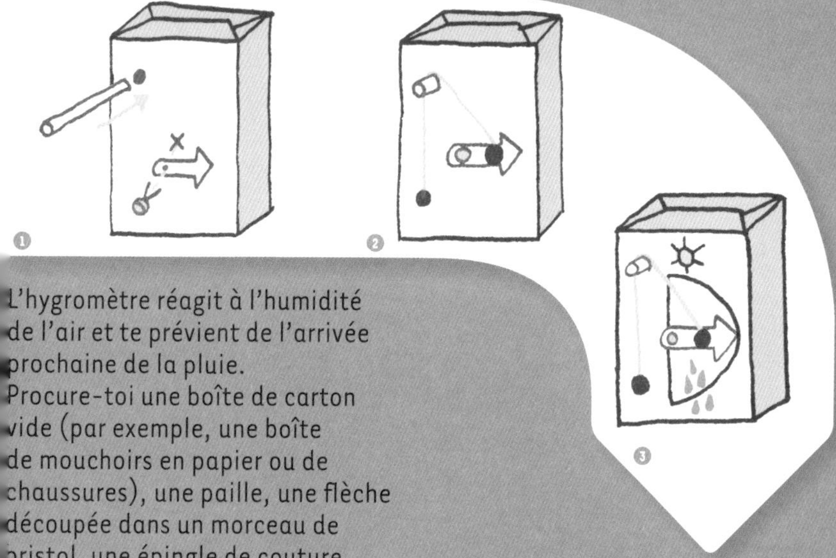

L'hygromètre réagit à l'humidité de l'air et te prévient de l'arrivée prochaine de la pluie.
Procure-toi une boîte de carton vide (par exemple, une boîte de mouchoirs en papier ou de chaussures), une paille, une flèche découpée dans un morceau de bristol, une épingle de couture ou une attache parisienne, deux gommettes et un cheveu. Plus ce cheveu sera long, mieux cela sera car le fonctionnement de cette machine repose sur le fait qu'un cheveu s'allonge ou se raccourcit selon le degré d'humidité de l'air. Préfère aussi un cheveu blond qui est plus sensible qu'un brun.

❶ Insère la paille en haut à gauche dans la boîte.
Fixe la flèche à environ un tiers de la hauteur de la boîte à l'aide de l'attache parisienne ou de l'épingle et assure-toi qu'elle pivote sans gêne ni frottement.

❷ Avec une gommette, colle un bout du cheveu dans le coin en bas à gauche de la boîte. Fais-le passer par-dessus la paille et colle l'autre extrémité sur la flèche avec une autre gommette.

❸ L'hygromètre est prêt à fonctionner. Par temps sec, le cheveu se contracte et fait monter la flèche ; par temps humide, il s'allonge et fait descendre la flèche.

L'air, c'est la vie

Quand tu inspires, tes poumons se remplissent d'air, c'est-à-dire d'oxygène, mais aussi d'autres gaz et de poussières qui ne sont pas toujours très bons pour la santé.

Un air sous contrôle

L'air de la ville est souvent pollué par des gaz et des poussières microscopiques qui sont rejetés par les grandes industries et les véhicules motorisés, mais également par les appareils de chauffage au fioul domestique. Malsain et toxique, il peut avoir à la longue des effets néfastes sur la santé et provoquer des maladies respiratoires ou des allergies. C'est pourquoi cet air que tu respires tous les jours est surveillé de près. Dans toutes les grandes villes, des stations automatiques munies de petits robots aspirent l'air et l'analysent en permanence. Les résultats sont envoyés à un ordinateur central qui contrôle si la pollution ne dépasse pas les normes autorisées et met en garde la population quand la situation est critique.

Ils défient la pollution

La plupart des arbres plantés le long des rues des villes souffrent de la pollution, tombent malades ou meurent. Ce n'est pas le cas du ginkgo, qui semble insensible aux gaz des pots d'échappement des automobiles. Une qualité qui lui vaut désormais de trôner en bonne place sur les trottoirs de Paris, de Tokyo ou de New York à côté des classiques platanes et marronniers, beaucoup plus sensibles que lui à la qualité de l'air.

Des sentinelles écologiques

Les lichens qui forment des taches vertes, grises ou orange sur les pierres et sur certains arbres sont de précieux indicateurs de la pureté de l'air.
Ils n'apparaissent que si l'air est de suffisamment bonne qualité.

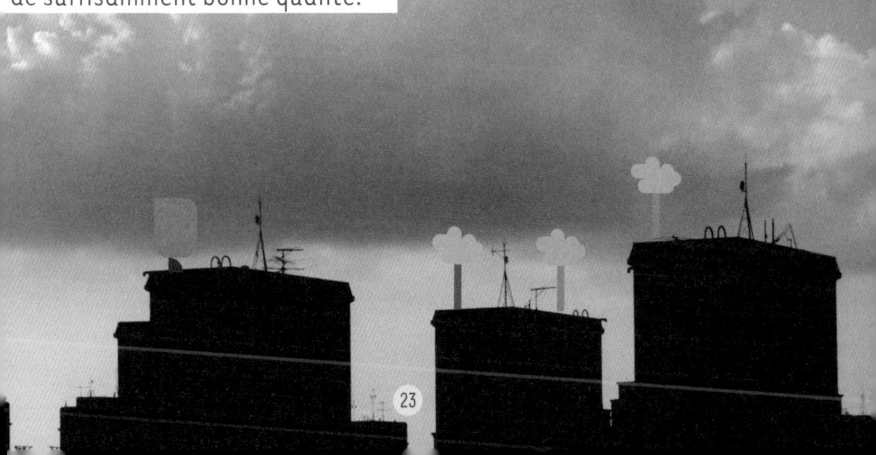

Tester la qualité de l'air

S'il arrive que, certains jours de beau temps, on distingue une brume jaunâtre planant sur la ville, la pollution reste généralement invisible. Ces expériences vont te permettre de mettre en évidence cette pollution.

De l'acide dans l'air

❶ Procure-toi plusieurs élastiques et disposes-en sur un cintre métallique suspendu à une fenêtre, à l'extérieur et à l'ombre.
❷ Dépose d'autres élastiques dans un bocal fermé et range-le dans un tiroir à l'abri de l'air.
• Attends une semaine ou deux et examine à la loupe les élastiques restés dehors et compare-les avec ceux du bocal.
• En les comparant, tu peux voir que ceux restés dehors sont fendus et craquelés et casseront bientôt, alors que ceux qui étaient à l'abri sont intacts.
Ce sont des polluants contenus dans l'air qui les ont ainsi attaqués. En brûlant, le charbon et le pétrole libèrent du soufre, de l'azote et des poussières qui, mélangés à l'oxygène de l'air et

De la poussière dans l'air

à l'eau des nuages, se transforment en acide sulfurique et en acide nitrique. Ces produits ont un effet néfaste sur le caoutchouc, mais aussi sur les plantes, les animaux, les humains et même sur les pierres des monuments qu'ils rongent peu à peu.

❶ Étale une couche de vaseline sur une assiette de couleur claire que tu déposes sur le rebord d'une fenêtre, à l'abri de la pluie.
❷ Après environ une semaine, rentre-la et observe sa surface avec une loupe.
Des grains de tailles et de couleurs différentes se sont déposés sur la vaseline. Ce sont des particules de suie et de poussière recrachées par les usines ou produites par les véhicules motorisés. Cette poussière est si légère qu'elle ne tombe pas sur le sol, mais reste en suspension dans l'air. Très mauvaise pour la santé, elle est à l'origine de plusieurs maladies, comme les allergies.

Du village à la cité

En devenant sédentaire et en pratiquant l'agriculture et l'élevage, l'homme va profondément modifier son mode de vie et progressivement quitter la préhistoire pour entrer dans l'histoire.

La naissance des villages

Entre 9 000 et 8 000 ans avant Jésus-Christ, l'homme cesse d'être un prédateur vivant de chasse, de pêche et de cueillette pour devenir un éleveur et un agriculteur. Il abandonne son mode de vie nomade pour loger dans des habitations fixes, regroupées en villages, qu'il construit à proximité des terres qu'il cultive.

Le développement de l'artisanat

Quelques millénaires plus tard, l'invention de la poterie, du tissage et de la métallurgie bouleversent l'organisation de ces communautés villageoises. Si, jusqu'alors, chaque homme avait le même statut que son voisin et devait produire lui-même sa nourriture, désormais certains se détournent du travail de la terre, se spécialisent dans une activité et deviennent artisans. Pour subvenir à leurs besoins, ils échangent les produits qu'ils fabriquent contre d'autres biens.

L'émergence des villes

Les villages grossissent et s'étendent pour devenir des villes dont chaque habitant a désormais un savoir-faire particulier. De nouvelles formes d'organisation sociale s'y développent.
Au Proche-Orient, en Mésopotamie, le long du Tigre et de l'Euphrate apparaissent les premières cités-États. La société est hiérarchisée : le roi est entouré d'une administration composée d'érudits et de religieux et le peuple travaille dur pour développer les richesses de la cité.
C'est dans une de ces villes, nommée Sumer, que, vers 3300 avant Jésus-Christ, on invente, pour mieux gérer les activités commerciales avec les autres cités, les premières formes d'écriture : l'écriture cunéiforme, un système de petits signes gravés sur des tablettes d'argile.

Le fleuve, artère de la ville

Le fleuve est un élément essentiel de la ville. Au même titre que les routes, il est une des principales voies de communication pour les hommes et les marchandises.

Le centre d'affaires de la cité

Dès l'Antiquité et surtout à partir du XIe siècle, quand les villes connaissent un essor important lié à la croissance démographique et à l'expansion du commerce, le fleuve devient le cœur de la vie urbaine. C'est autour de ses îlots et de ses ports naturels que la cité grandit. Divers métiers et corporations s'installent sur ses rives. Les nauchiers, comme on appelle alors les capitaines des péniches, y chargent et déchargent toutes sortes de marchandises. Des passeurs proposent leurs services à quiconque veut rejoindre l'autre rive. Des hommes et des femmes barbotent, nus, dans des baquets d'eau chaude que proposent les établissements de bains. Leur plaisir ne semble pas gâché par les odeurs pestilentielles qui s'échappent des abattoirs et des tanneries. Les autorités locales ont pourtant pris soin de les installer en aval et à bonne distance du centre ville afin de ne pas polluer la rivière dans laquelle les marchands d'eau viennent puiser.

Un pont habité

Le fleuve apporte la vie, mais c'est aussi un obstacle qu'il faut franchir. Les habitants des villes médiévales construisent donc des ponts, la plupart du temps en bois. Mais, dans ces cités entourées de murailles où l'espace est compté, ils les couvrent de boutiques et de maisons à plusieurs étages. Chaque pont est souvent réservé à un commerce : à Paris, orfèvres et changeurs occupent le pont au Change. Très fragiles, ces ponts sont souvent détruits par un incendie ou emportés par une crue. Aujourd'hui, il n'en existe plus que quelques-uns comme le pont de Rohan à Landerneau (en Bretagne) ou le ponte Vecchio à Florence (en Italie).

Poissons des fleuves et des rivières

Comme ceux qui vivent en mer, les poissons d'eau douce ont leurs préférences. Certains n'aiment que les eaux vives alors que d'autres se plaisent dans la vase.

↗ **Anguille**
Bien qu'elle vive en eau douce, elle parcourt 5 000 km pour aller se reproduire dans la mer des Sargasses, dans l'océan Atlantique.

↗ **Goujon**
Très sensible à la pollution, c'est un bon indicateur de la qualité des eaux.

↗ **Ablette**
Ce petit poisson ne supporte que les eaux claires sans courant fort où il vit en bancs très denses.

↗ **Brème**
On la reconnaît facilement grâce à sa petite tête et à sa bosse sur le dos. Elle aime les eaux plutôt calmes et est assez indifférente à leur qualité.

→ **Poisson-chat**
Il vit dans les eaux calmes où pousse une végétation dense. Il faut être prudent en le manipulant car il porte un aiguillon très piquant.

→ **Carpe**
Elle vit dans des eaux stagnantes ou lentes où elle passe l'hiver sans bouger, enfouie dans la vase.

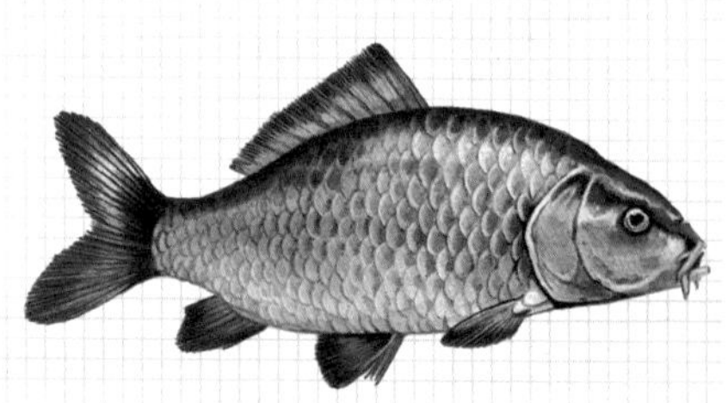

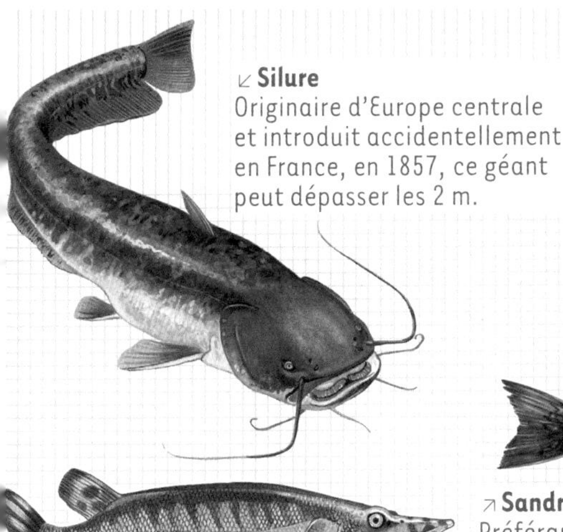

↙ **Silure**
Originaire d'Europe centrale et introduit accidentellement en France, en 1857, ce géant peut dépasser les 2 m.

↗ **Gardon**
Très résistant à la pollution, il vit en bancs et quitte rarement le fond où il se cache parmi la végétation.

↗ **Sandre**
Préférant les cours d'eau calmes ou les lacs, c'est un vorace qui chasse les alevins des autres espèces de poissons.

↗ **Brochet**
:e redoutable chasseur de poissons, le grenouilles et même de jeunes iseaux peut mesurer jusqu'à 1,30 m.

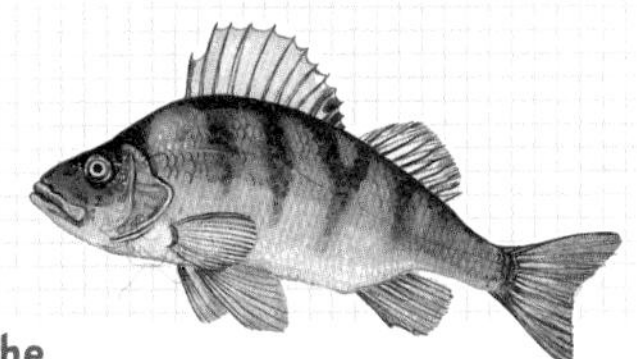

↗ **Perche**
Ce carnivore fréquente les eaux douces comme les eaux saumâtres où il chasse en groupe.

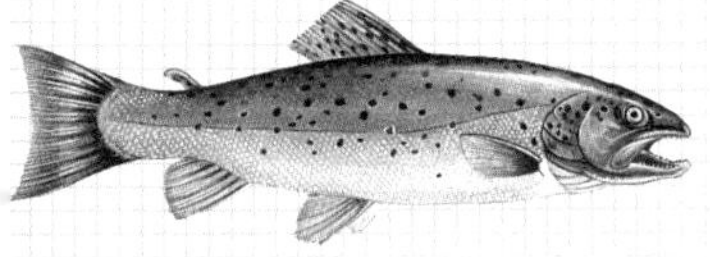

↗ **Truite**
:'est le poisson typique des aux vives qui aime se tenir lans les courants forts ou sous ın rocher pour chasser à l'affût.

↘ **Tanche**
Elle passe l'hiver enfouie dans la vase. Elle est active au crépuscule lorsqu'elle cherche des végétaux et de petits animaux pour se nourrir.

↗ **Vairon**
l aime bien les rivières rapides avec des onds de graviers. Il vit en bancs et reste ratiquement inactif pendant l'hiver.

Théâtre d'ombres

Les ombres chinoises sont à la portée de tous. Il suffit d'une lampe, d'un mur et de tes mains pour faire s'envoler l'oiseau ou pour faire remuer la trompe de l'éléphant.

Un art traditionnel
C'est sans doute en Inde, voilà plus de 5 000 ans, que naquit le théâtre d'ombres où il atteignit un raffinement extraordinaire et devint un art à part entière. En Europe, sa destinée fut moins glorieuse et il ne fut qu'une simple attraction de foire ou un divertissement pour enfants.

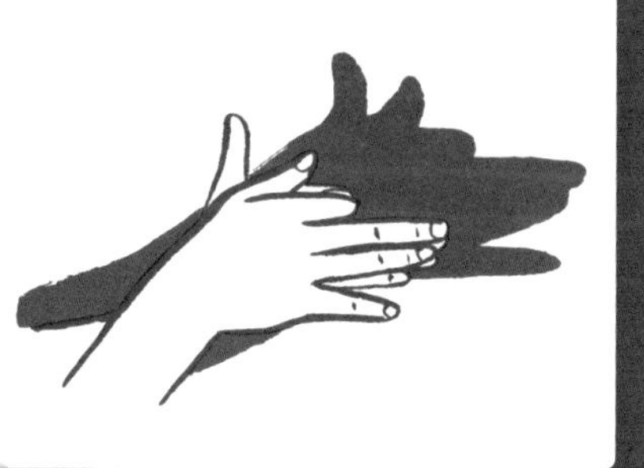

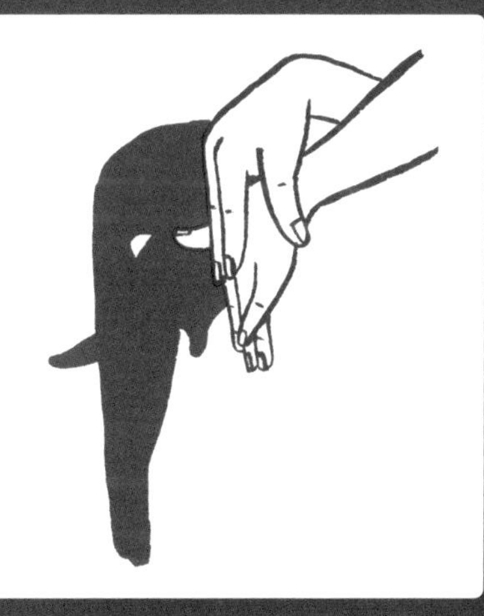

Expression autour de l'ombre…

Avoir peur de son ombre :
être peureux.

Avoir une ombre au tableau :
avoir un inconvénient.

Être l'ombre de soi-même :
être méconnaissable.

Faire de l'ombre à quelqu'un :
prendre trop d'importance par rapport à lui.

Se mettre à l'ombre :
se faire oublier.

Se battre contre son ombre :
se battre inutilement.

Sortir de l'ombre :
ne plus se cacher.

La ville médiévale

Après l'an 1000, les villes européennes connaissent une croissance remarquable. Dans leurs rues où se pressent artisans, commerçants et paysans venus vendre leurs produits, l'affluence tourne souvent à la cohue.

La renaissance des villes

Pendant le Moyen Âge, les cités, tombées en ruine ou endormies après la chute de l'Empire romain, se réveillent à partir du XIe siècle. Grâce au développement du commerce et de l'artisanat, elles attirent des paysans qui viennent y travailler et y chercher fortune. Comme ils sont nombreux, il faut construire des maisons hors des remparts et même, comme dans le sud-ouest de la France, édifier des villes neuves fortifiées, les bastides, en pleine campagne.

À l'intérieur des remparts

Dans l'enceinte fortifiée, les ruelles étroites et sombres grouillent de monde. Très peu sont pavées, et la plupart sont boueuses et insalubres car, en l'absence d'égouts, les eaux sales et les déchets de toutes sortes, que les habitants jettent par les fenêtres, se déversent dans une rigole centrale. Les rues n'ont pas de nom et les maisons pas de numéro. On se repère grâce aux grands édifices, comme la cathédrale ou l'hôtel de ville et sa haute tour, le beffroi, ou bien en se situant par rapport à la place du marché où est installé le pilori auquel sont condamnés voleurs et escrocs. Les métiers sont regroupés par rues. Il y a la rue des orfèvres, celle des bouchers et celle des forgerons...

La banlieue du Moyen Âge
Au Moyen Âge, la banlieue correspond au domaine agricole situé au pied des remparts sur lequel un seigneur ou une commune exerce son autorité, le ban, qui s'étend sur une distance d'une lieue autour de la ville.

Duel d'allumettes

Mais que faire en attendant au restaurant ? Tous les restaurants ont des allumettes qui se prêtent parfaitement à ce petit jeu de stratégie pour deux...

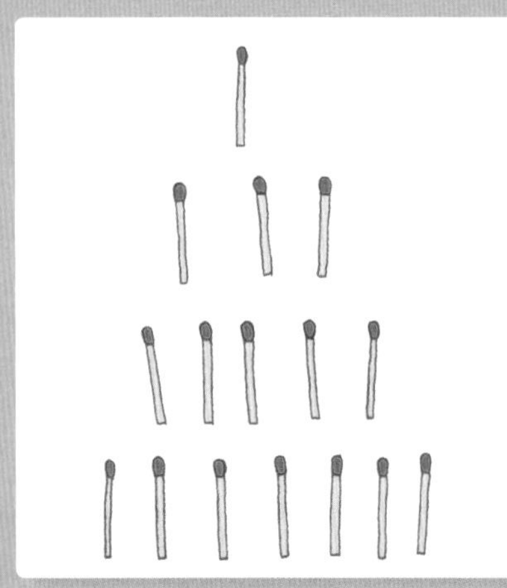

Chacun son tour !
À ce jeu, celui qui commence a mathématiquement plus de chances de gagner. C'est pourquoi il convient, lorsque l'on fait plusieurs parties, de commencer à tour de rôle.

- Dispose, sur une table, 16 allumettes en 4 rangées de 1, 3, 5 et 7 allumettes. Le but du jeu est de faire prendre à l'autre joueur la dernière allumette.
- Chacun leur tour, les joueurs ont le droit d'enlever de une à toutes les allumettes d'une rangée.
- Le perdant est celui qui retire la dernière allumette.

Astuces pour gagner :
- Essaie de faire en sorte qu'il ne reste que 1 seule allumette sur 3 rangées à la fin de ton tour, tu es alors sûr de gagner.
- Sinon, retire les allumettes de telle façon qu'à la fin de ton tour, il n'y ait plus que 2 rangées de 1 allumette et 1 rangée de 2 allumettes. Là encore, la victoire est assurée.

Au temps des châteaux forts

Les châteaux forts, qu'on trouve partout en Europe, sont les témoins d'une époque où les seigneurs tenaient leur pouvoir des armes et tiraient leurs richesses du travail des paysans.

Du fortin à la forteresse

Au Xe siècle, on construit les châteaux en bois. Ce sont des fortins rudimentaires bâtis sur une motte de terre, entourés par un fossé et protégés par une simple palissade.
Au XIe siècle, certains seigneurs, parmi les plus riches, élèvent des tours rectangulaires en pierre qui leur servent non seulement de refuge, mais aussi d'habitation. Le confort y est très rudimentaire. Il y fait toujours sombre à cause des ouvertures rares et étroites et, l'hiver, le feu des cheminées ne parvient pas à réchauffer l'atmosphère. On ne dispose souvent que d'échelles de bois pour passer d'un étage à l'autre et l'absence de cloison interdit toute intimité.

Une ville dans les remparts

Enfin, à partir du XIIe siècle, certains grands seigneurs deviennent suffisamment riches et puissants pour financer d'énormes forteresses destinées à défendre les frontières de leur vaste territoire. Les tours circulaires, beaucoup plus solides que les tours carrées, se généralisent. Leurs murs ont plusieurs mètres d'épaisseur dans leur partie basse. Des escaliers permettent de circuler d'un niveau à l'autre et des cloisons permettent une certaine intimité.

La vie de château

C'est désormais une vaste communauté qui vit à l'intérieur de ces géants de pierre. Il y a, bien entendu, le châtelain et sa famille, mais aussi toutes sortes de gens à son service : des écuyers, des hommes d'armes et un intendant qui organise les travaux des champs, perçoit les impôts et punit les paysans qui osent se révolter. Néanmoins, les distractions sont rares, aussi le seigneur ne refuse-t-il jamais d'accueillir, pendant quelques jours, les ménestrels qui se présentent à la porte du château et proposent de le distraire avec des chants et des jongleries.

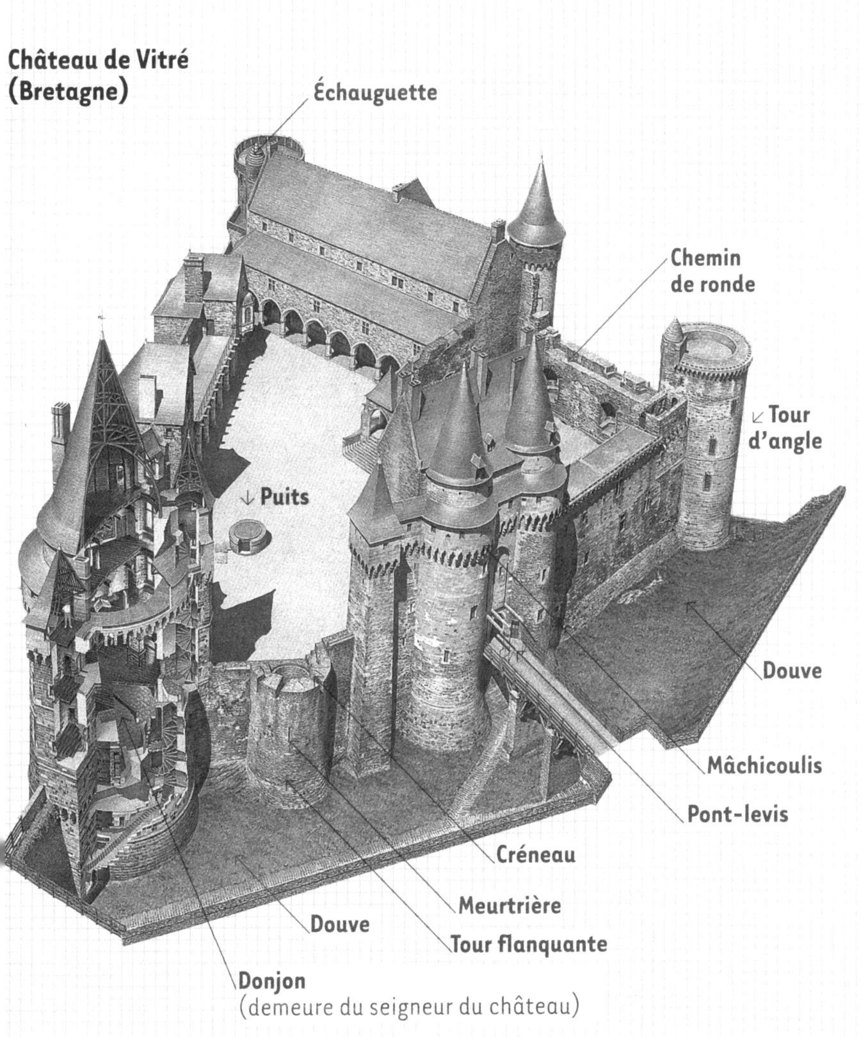
Château de Vitré
(Bretagne)
Échauguette
Chemin
de ronde
↙ Tour
d'angle
↓ Puits
Douve
Mâchicoulis
Pont-levis
Créneau
Meurtrière
Douve
Tour flanquante
Donjon
(demeure du seigneur du château)

Royaumes et républiques d'Europe

Tous les pays d'Europe, sauf le Vatican, ont le même système politique : la démocratie. Pourtant, ce principe du pouvoir par le peuple n'est pas toujours apparu comme une évidence…

La souveraineté populaire

Une démocratie est un État dans lequel tous les citoyens détiennent une part du pouvoir. Chacun d'eux a le droit de s'exprimer librement, d'adhérer à un parti politique, à un syndicat ou à une association, ainsi que de pratiquer ou non une religion. Pour faire connaître leurs opinions, les citoyens élisent leurs représentants au Parlement.

Le Parlement vote les lois et contrôle le gouvernement qui dirige le pays. Les juges, eux, font respecter les lois. Si un de ces trois pouvoirs, c'est-à-dire celui du Parlement (législatif), celui du gouvernement (exécutif) ou celui de la justice (judiciaire), empiète sur le territoire de l'autre, la démocratie est alors en danger.

Rois et reines d'Europe

Belgique : Albert II
Danemark : Marguerite II
Espagne : Juan Carlos Ier
Luxembourg : Henri
Norvège : Harald V
Pays-Bas : Béatrice
Royaume-Uni : Élisabeth II
Suède : Charles XVI

À chacun son régime

Une démocratie peut fonctionner de plusieurs façons, c'est pourquoi, au sein de l'Europe, il existe différents « régimes politiques ». La France, par exemple, est une république, c'est-à-dire un pays dans lequel les citoyens élisent à la fois leur président et leurs représentants au Parlement. L'Italie est également une république mais ce sont les parlementaires qui désignent le chef du gouvernement et le président de la République. Quant à l'Espagne ou au Danemark, ce sont des royaumes : le roi ou la reine ne dispose que de pouvoirs symboliques. Ils sont tout autant démocratiques car c'est en fait le gouvernement, issu d'élections, qui dirige le pays.

La famille d'un roi

En France comme dans les autres pays européens, le roi était un personnage exceptionnel. Son pouvoir était héréditaire et divin car il lui avait été transmis par Dieu.

Familles régnantes

En France, la monarchie était héréditaire et ne devait jamais s'éteindre. À la mort d'un roi, le peuple criait : « Le roi est mort ! Vive le roi ! » Son successeur, généralement son fils aîné, le remplaçait immédiatement. Grâce à ce système qui maintenait la couronne dans une famille, seules quelques dynasties ont régné sur le pays. Il y eut les Mérovingiens jusqu'en 751, les Carolingiens jusqu'en 987 et enfin les Capétiens qui ont régné jusqu'en 1328, puis ils ont laissé le pouvoir à des parents proches, les Valois, les Bourbons et les Orléans, jusqu'en 1848.

De père en fils

Depuis Clovis, les femmes sont exclues de la succession du trône de France. La couronne ne peut être transmise qu'à l'aîné des garçons ou à l'héritier mâle le plus proche du roi défunt. Ainsi Louis XIV succéda à son père le roi Louis XIII qui lui-même était le fils d'Henri IV et de Marie de Médicis.

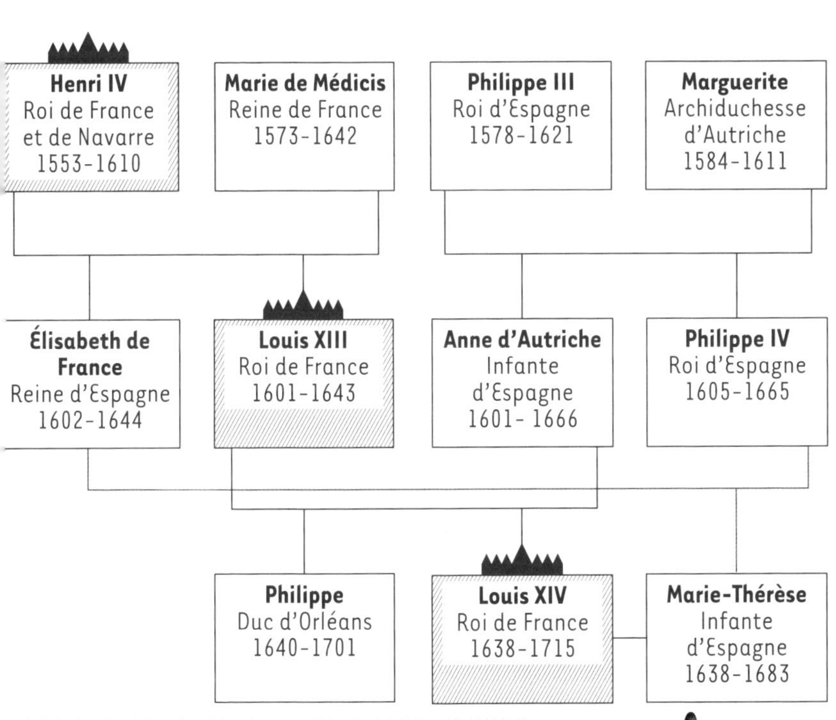

Affaire de famille

Les mariages des monarques, qui étaient toujours conclus dans l'intérêt de la dynastie, entraînaient parfois de sérieuses complications. Ainsi l'épouse de Louis XIV, la fille du roi d'Espagne, était aussi sa cousine puisque sa mère n'était autre qu'Élisabeth de France, la sœur de Louis XIII.

Ton arbre de famille

L'arbre généalogique est un bon moyen pour savoir d'où tu viens et quelle est ta place dans la famille.

La chasse aux ancêtres

• Complète ton arbre généalogique en écrivant les noms, les dates et lieux de naissance et de mort des membres de ta famille.
• Colle une photo d'eux ou dessine leur portrait dans les pommes.
• Si tu as des frères ou des sœurs, ou que tes parents ou grands-parents en ont, tu peux ajouter des pommes pour qu'ils figurent sur l'arbre généalogique de ta famille.
• N'hésite pas à poser des questions sur les personnes que tu n'as pas connues : comment se sont-elles rencontrées ? Quand se sont-elles mariées ? Quel était leur métier ? Quelles aventures ont-elles pu vivre ?...

Ma famille sur un arbre

Il existe plusieurs sortes d'arbres généalogiques. Celui ci-contre te permet de remonter dans le temps. Il part de toi et remonte jusqu'à tes arrière-grands-parents. Chaque personne est représentée par une case et toutes les cases sont reliées entre elles, marquant les liens qui unissent les personnes.

Sur les traces du passé

Après avoir conquis la Gaule, les Romains y édifient de nombreuses villes avec des bâtiments en pierre dont plusieurs existent encore aujourd'hui.

La mémoire de la ville

L'aspect d'une ville reflète son passé. Une ville n'est pas un ensemble figé : elle vit, se développe, atteint son apogée, décline, meurt et parfois renaît. Pendant ce parcours à travers les siècles, quelques monuments résistent au temps et aux soubresauts de l'histoire. Patrimoine architectural de la ville, ils constituent une partie essentielle de la mémoire des hommes.

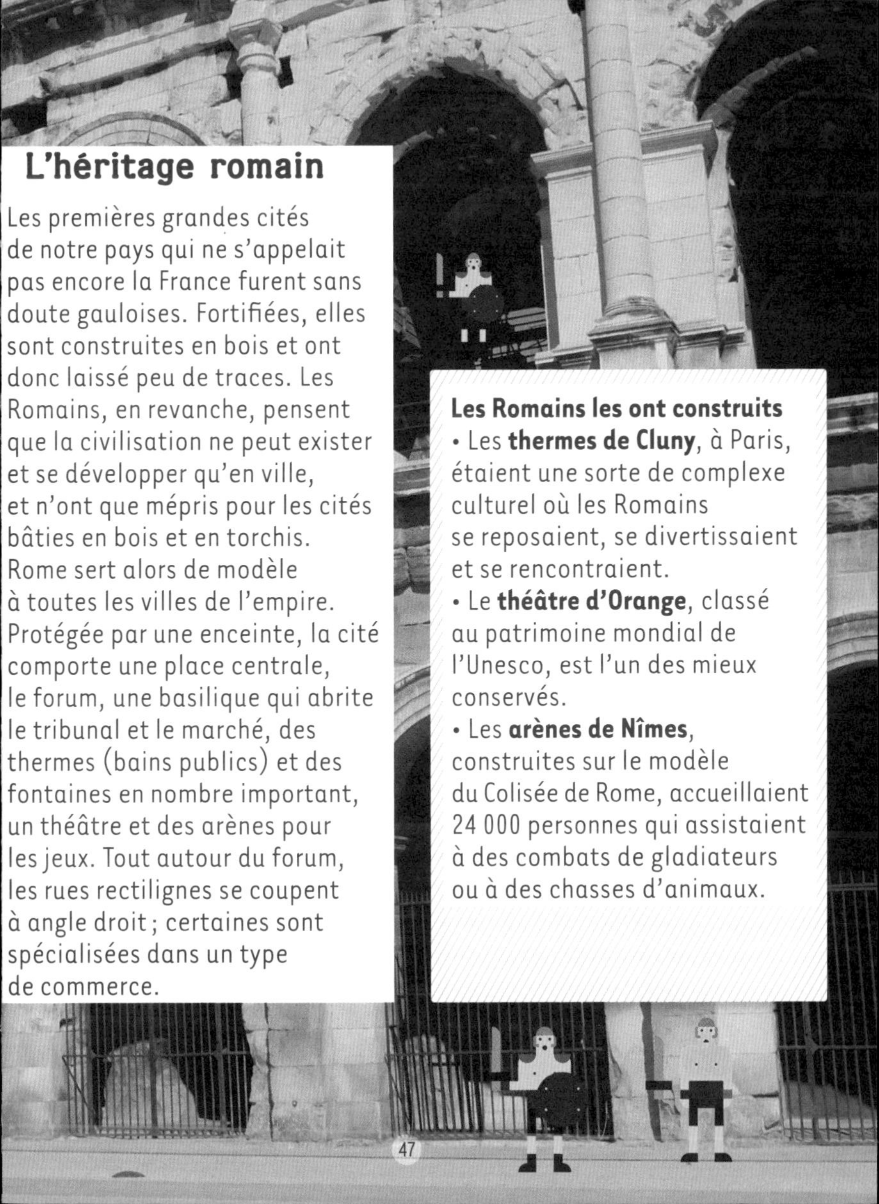

L'héritage romain

Les premières grandes cités de notre pays qui ne s'appelait pas encore la France furent sans doute gauloises. Fortifiées, elles sont construites en bois et ont donc laissé peu de traces. Les Romains, en revanche, pensent que la civilisation ne peut exister et se développer qu'en ville, et n'ont que mépris pour les cités bâties en bois et en torchis. Rome sert alors de modèle à toutes les villes de l'empire. Protégée par une enceinte, la cité comporte une place centrale, le forum, une basilique qui abrite le tribunal et le marché, des thermes (bains publics) et des fontaines en nombre important, un théâtre et des arènes pour les jeux. Tout autour du forum, les rues rectilignes se coupent à angle droit ; certaines sont spécialisées dans un type de commerce.

Les Romains les ont construits

- Les **thermes de Cluny**, à Paris, étaient une sorte de complexe culturel où les Romains se reposaient, se divertissaient et se rencontraient.
- Le **théâtre d'Orange**, classé au patrimoine mondial de l'Unesco, est l'un des mieux conservés.
- Les **arènes de Nîmes**, construites sur le modèle du Colisée de Rome, accueillaient 24 000 personnes qui assistaient à des combats de gladiateurs ou à des chasses d'animaux.

Le grand art roman

À partir du XIe siècle, l'Europe entre dans une période faste et l'Église catholique, tombée un temps en décadence, connaît un véritable renouveau.

L'église romane

Après l'an 1000, la chrétienté, mise à mal par les invasions des siècles précédents, se reconstruit. On bâtit des milliers d'églises dans les campagnes, sur les routes des pèlerinages et au centre des villes et des villages. Construites pour l'éternité, ces églises se caractérisent par leur voûte de pierre qui remplace la traditionnelle charpente en bois et oblige les architectes à repenser leur méthode de construction. Pour que ces bâtiments résistent au poids des voûtes, on élève des piliers massifs et des murs épais renforcés à l'extérieur par de puissants contreforts. Quant aux ouvertures, elles sont petites et situées très haut, au-dessus des points d'appui. Autant de contraintes qui donnent au bâtiment une silhouette ramassée et trapue, mais lui confèrent aussi une atmosphère à la fois grave et majestueuse, propice au recueillement.

Divine déco

Pour combattre la pénombre qui règne à l'intérieur des églises, on couvre les murs de fresques aux couleurs chaudes. Les sculptures, situées à des endroits clés de l'architecture comme le portail, les fenêtres, les corniches ou les chapiteaux, sont également très nombreuses. Les thèmes représentés sont essentiellement religieux : épisodes de la Bible, vie des saints ou scènes représentant les supplices de l'enfer ou les délices de l'Éden.

Quelques exemples d'églises romanes :

- Cathédrale Saint-Pierre-d'Angoulême (1110-1138)
- Basilique Saint-Sernin de Toulouse (1078-1180)
- Abbaye aux Hommes (1063-1077)
  et abbaye aux Dames (1062-1130) de Caen
- Vieille cathédrale de Salamanque, Espagne (1140- XIVe s.)
- Cathédrale de Saint-Jacques-de-Compostelle, Espagne (1075-1211)
- Cathédrale de Spire, Allemagne (1030-1125)
- Cathédrale Saint-Pierre de Worms, Allemagne (1125-1181)
- Basilique San Zeno de Vérone, Italie (XIe s. - XIVe s.)

Saint-Sernin à Toulouse

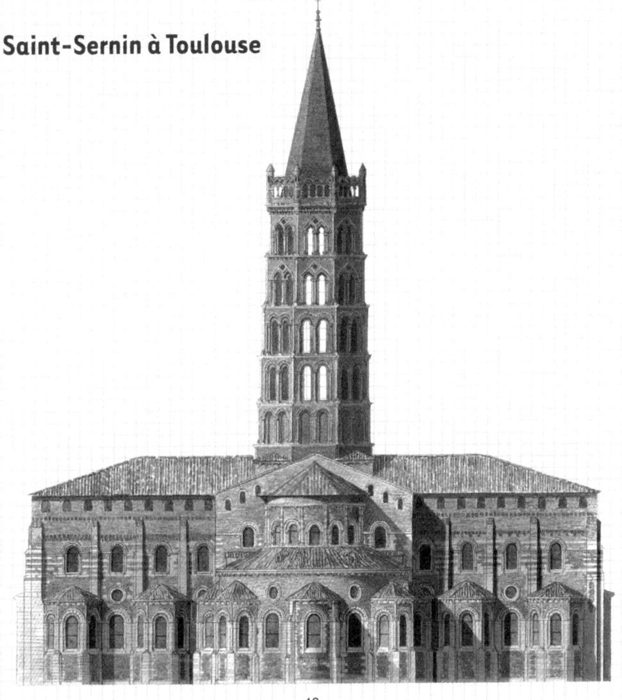

L'art gothique

Si l'église romane, nichée dans la verdure ou perdue au fond d'un vallon, est souvent rurale, la cathédrale gothique est le monument urbain par excellence.

Le règne de la légèreté

La période gothique débute au milieu du XIIe siècle pour atteindre son apogée au siècle suivant. Grâce à de nouvelles techniques, les bâtisseurs traduisent, à travers la réalisation de gigantesques édifices aux proportions élégantes, l'élan mystique qui les anime. La voûte sur croisée d'ogives, qui permet de répartir le poids des parties hautes sur une armature légère et solide d'arcs de pierre, se généralise et donne à la cathédrale un aspect de légèreté inédit. Les piliers et les fines colonnes soutenus par des arcs-boutants jaillissent vers le ciel dans un mouvement vertical que rien ne semble arrêter. Enfin, les murs, qui n'ont plus la simple fonction de soutien, sont percés de larges et hautes ouvertures et de rosaces ornées, de chatoyants vitraux, à travers lesquelles la « lumière divine » entre à flots.

Au centre de la vie urbaine

Symbole de la puissance et de la prospérité de la cité, la cathédrale gothique est à la fois l'endroit d'où l'évêque exerce son pouvoir sur le diocèse, un lieu de prière et de recueillement, mais aussi le centre de la vie sociale de toute la région. L'homme médiéval y est baptisé, y apprend à lire et à compter, s'y fait soigner et se rend sur son parvis pour assister aux représentations de mystères sacrés ou à des spectacles de saltimbanques, de mimes ou de farces populaires.

Quelques exemples d'églises gothiques :

- Cathédrale Notre-Dame de Paris (1163-1345)
- Cathédrale Notre-Dame d'Amiens (1220-1322)
- Cathédrale de Cologne, Allemagne (1247-1560, puis 1823-1880)
- Abbaye de Westminster, Royaume-Uni (1245-1519)
- Cathédrale de Gloucester, Royaume-Uni (1089-1541)
- Basilique Saint-François d'Assise, Italie (1230-1253)
- Cathédrale Notre-Dame de Palma de Majorque, Espagne (1229-1460)
- Cathédrale Sainte-Eulalie de Barcelone, Espagne (1298-1460)

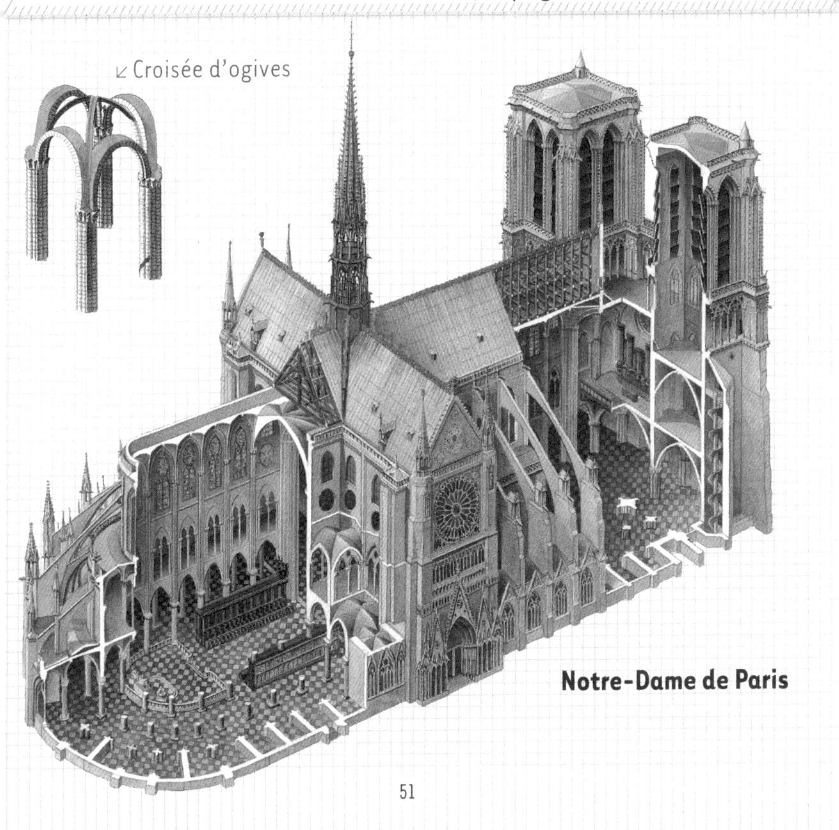

Notre-Dame de Paris

Artiste postal

Grâce à ton imagination et à ton inventivité, fabrique une carte postale personnalisée qui sera aussi un souvenir de vacances !

Tu peux choisir n'importe quelle forme et n'importe quel support pourvu qu'il ne soit pas trop encombrant pour le facteur.

❶ Commence par écrire l'adresse sur un espace repérable au premier coup d'œil où aucune décoration ne viendra gêner la lecture.

❷ Maintenant, tout est possible : tu peux dessiner, peindre ou coller pour raconter tes vacances ou tout autre événement de ta vie.

❸ Ajoute dessins, gommettes, calligraphie, rubans, photos, tickets de métro, de cinéma ou de musée, ou même feuilles et fleurs séchées, boutons de vêtement, revues découpées ou menus de restaurant.

❹ C'est toi l'artiste et ta seule obligation est de coller un timbre sur ton œuvre avant de la glisser dans une boîte aux lettres !

Monsieur Poubelle

En triant tes ordures ménagères, papier, carton, plastique ou métaux, tu peux non seulement réduire le volume des déchets, mais aussi préserver l'environnement.

Petits gestes et grands effets

Les habitants des villes produisent trop d'ordures. Les décharges sont pleines et on ne peut pas tout brûler sans polluer. Alors pour protéger la nature et économiser les matières premières, on récupère les déchets pour les recycler. Grâce à ce système de tri sélectif, journaux et magazines redeviennent des journaux, le verre est fondu pour faire des bouteilles et les bouteilles en plastique sont transformées en tuyaux.

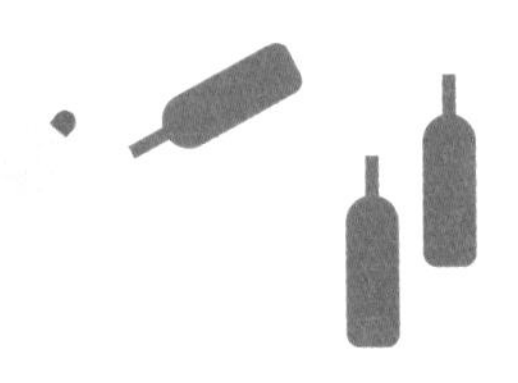

L'inventeur du tri sélectif

Le célèbre préfet de Paris Eugène Poubelle ne s'est pas contenté de donner son nom au récipient dans lequel on entrepose nos déchets. Il a aussi cherché à améliorer le ramassage des ordures. En 1884, il impose aux Parisiens l'emploi de trois bacs différents : un pour les déchets ordinaires, un autre pour les papiers et les chiffons et un pour le verre. Mais ce règlement n'est pas respecté et il faut attendre plus d'un siècle pour que le tri sélectif soit mis en place.

Une montagne d'ordures

En France, on estime que chaque personne produit 1 kg de déchets par jour. À l'échelle du pays pour une année, ces ordures représentent environ 21 750 000 tonnes ! Jetés en pleine nature, certains de ces détritus mettraient plusieurs siècles à se décomposer :

Un ticket de métro	3 à 4 mois
Une épluchure de fruit	3 mois à 2 ans
Une allumette	6 mois
Un mégot de cigarette	1 à 5 ans
Un chewing-gum	5 ans
Un briquet jetable	100 ans
Une canette en aluminium	200 à 500 ans
Un sac en plastique	450 ans
Une bouteille en plastique	100 à 1 000 ans
Un pneu	500 à 1 000 ans
Une bouteille en verre	4 000 ans

La ville moderne

Le XIXe siècle est l'époque de la grandeur et de la prospérité des villes qui adoptent alors un nouveau visage, proche de celui qu'elles ont actuellement.

La ville asphyxiée

Au XIXe siècle, la société européenne est bouleversée par l'industrialisation. On assiste à d'importants déplacements de la population des campagnes vers les villes. Entre 1800 et 1850, la population de Paris double pour atteindre 1 million d'habitants. La ville doit faire face à de nombreux problèmes : circulation, logements insalubres et surtout épidémies de choléra qui font de nombreuses victimes. Quarante ans après Londres, Paris entame sa métamorphose.

Un nouveau Paris

Napoléon III donne d'importants crédits au baron Haussmann (1809-1891), qui est chargé de rénover Paris. De 1853 à 1870, la capitale est un immense chantier. On l'agrandit en annexant les communes voisines. On détruit les vieux quartiers et on perce de larges avenues qui permettent de se déplacer rapidement et d'empêcher la construction de barricades en cas d'émeutes. Les ruelles sombres et tortueuses sont remplacées par de grandes avenues rectilignes qui conduisent à des places immenses ou à des squares aménagés. Les immeubles conçus selon un style unique donnent à la ville son unité architecturale. Enfin, la construction de nombreux édifices et monuments comme l'Opéra Garnier, les églises de la Sainte-Trinité et Saint-Augustin participent au prestige de la capitale qui, peu à peu, devient l'une des plus belles villes du monde.

L'identité d'une ville

Les rues de la ville sont équipées et décorées comme on aménagerait une maison pour en faire des lieux de vie, de rencontre et d'échanges.

Rues aménagées

Aucune ville ne ressemble à une autre : plan, tracé des rues, hauteur des immeubles et couleur des matériaux donnent à chaque ville sa physionomie et son caractère. En revanche, son style provient souvent des nombreux accessoires, à la fois utilitaires et décoratifs, qui meublent ses boulevards et ses avenues. Une cabine téléphonique rouge ou une boîte aux lettres cylindrique, également rouge, évoquent automatiquement Londres.
À Paris, on trouve encore des équipements installés à l'époque d'Haussmann, au XIXe siècle, même si certains ont évolué : colonnes Morris, bancs doubles, réverbères, grilles d'arbres et fontaines Wallace continuent de souligner l'identité de la capitale.

À chaque ville son emblème

Les armoiries sont apparues au Moyen Âge pour pouvoir différencier les combattants en armure les uns des autres. Ce système d'identification s'est ensuite étendu aux bourgeois et aux artisans, mais aussi aux diocèses, aux universités et, bien entendu, aux villes.

Le blason de **Paris** porte un bateau qui symbolise la corporation des bateliers à l'origine de la richesse de la ville. Les fleurs de lys sont l'emblème de la royauté et la devise *Fluctuat nec mergitur* (Il est battu par les flots, mais ne sombre pas) rappelle que rien ne peut venir à bout de la grande cité.

C'est un ours qui figure sur les armoiries de **Berlin** comme sur celles de la ville de **Berne** en Suisse.

Les trois croix des armoiries d'**Amsterdam** symbolisent le supplice de saint André. Chaque croix est censée protéger la ville de trois grands fléaux ou catastrophes : les inondations, les incendies et la peste.

Les initiales SPQR du blason de la ville de **Rome** datent de la Rome antique et signifient *Senatus Populus Que Romanus* (Au nom du Sénat et du peuple romain).

Mon cahier de ville

Une ville, c'est un concentré de vie. Il s'y passe toujours quelque chose. Aussi pourquoi ne pas raconter tout cela dans un cahier afin de ne rien oublier ?

Comme un explorateur dans la ville

Une ville, grande ou petite, est un univers à elle toute seule. Aucune n'est identique à une autre et le mode de vie qu'on a dans l'une n'est jamais le même que celui qu'on mène dans l'autre. Aussi que tu sois un visiteur, un touriste de passage ou bien un résidant permanent, c'est-à-dire un habitant de la ville, pourquoi ne pas consigner dans un cahier toutes les choses, grandes ou petites, qui t'arrivent dans la journée ?
Note tes observations, raconte tes expériences, décris tes visites et fais le récit de tes rencontres. Grâce à ce carnet, tu vas conserver les traces de différents moments de ton existence et garder la mémoire des personnes rencontrées, des objets observés et des émotions ressenties. Quand tu le reliras, tu constateras que la vie est une véritable aventure, pleine d'événements, de surprises et de rebondissements.

La présentation

Dans un tel cahier, tous les moyens d'expression sont bons. Pour raconter les événements, tu peux, bien entendu, utiliser des mots et faire des phrases, mais aussi dessiner, faire des schémas, des croquis ou coller des photos, des tickets de transport, des billets de spectacle, une feuille tombée d'un arbre, un prospectus ou une plume d'oiseau...

Les petits plus

Ne néglige pas enfin de consigner les petites choses fugaces de l'existence : une réflexion entendue dans la rue, un slogan publicitaire vu sur une affiche ou une citation relevée dans un livre, une histoire drôle qu'on t'a racontée ou tout autre épisode de la vie quotidienne.

Zoos, aquariums et parcs

Les villes sont, par nature, artificielles et comportent plus de béton que de verdure. Pourtant elles offrent aussi des lieux magiques où chacun peut profiter des merveilles de la nature.

Quelques zoos fameux :
- Ménagerie du Jardin des Plantes de Paris (France)
- Parc zoologique de Lille (France)
- Zoo de Hambourg (Allemagne)
- Zoo de Leipzig (Allemagne)
- Zoo de Cologne (Allemagne)
- Zoo d'Édimbourg (Royaume-Uni)
- Zoo de Londres (Royaume-Uni)

Le jardin zoologique

Les zoos ne sont plus les prisons pour animaux qu'ils ont longtemps été. Modernes, propres, pédagogiques et à la pointe de la recherche scientifique, ils ne se contentent plus de présenter des collections d'animaux exotiques, mais contribuent à préserver les espèces en danger et ont un rôle d'alerte et de sensibilisation aux problèmes de la planète auprès du grand public.

Quelques aquariums à visiter :

- Palais de la Porte-Dorée / Aquarium tropical de Paris (France)
- Nausicaa / Centre national de la mer de Boulogne-sur-Mer (France)
- Aquarium de La Rochelle (France)
- Oceanopolis de Brest (France)
- Oceanografic de Valence (Espagne)
- Aquarium de Lisbonne (Portugal)
- Aquarium de Barcelone (Espagne)

L'aquarium

Alors qu'autrefois, ils se résumaient à une série de cuves en verre, petites, pleines d'eau trouble et contenant quelques poissons plus ou moins malades, ce sont aujourd'hui de véritables lieux de découvertes et de spectacles grandioses. Ils présentent de magnifiques et d'impressionnants paysages aquatiques où les visiteurs observent des espèces aussi spectaculaires que requins, tortues de mer ou raies mantas.

Le parc urbain

Toutes les grandes villes ont le leur. À Madrid, il y a le Buen Retiro et, à Londres, Hyde Park. À Lyon, un des plus célèbres est celui de la Tête-d'Or et, à Paris, ils sont plusieurs comme le parc Monceau ou le parc des Buttes-Chaumont. Ces « poumons verts », comme on les surnomme, sont souvent l'occasion de retrouver le contact avec la nature. On s'y promène et on y pique-nique parfois. Les plus jeunes y jouent à la balançoire pendant que d'autres assistent à des spectacles de marionnettes. On peut aussi admirer les exploits des skateurs ou organiser un concours de pétanque.

À travers les musées d'Europe

Nombreux et modernes, offrant toutes sortes de services et d'animations, les musées d'Europe sont visités par un public toujours plus nombreux, assoiffé de culture et de beauté.

Du temple au musée

Dès l'Antiquité, les hommes ont cherché à réunir, dans un seul lieu, les trésors de l'art. Tout se passe alors dans des sanctuaires : des sortes de temples.
De la Renaissance au XVIIIe siècle, il y a des cabinets des merveilles : des pièces où de riches collectionneurs amassent toutes sortes de curiosités et des objets rares qu'ils jugent dignes d'intérêt comme des coquillages étranges, des minéraux non identifiés, des médailles finement ciselées et, bien entendu, des tableaux.
C'est sous l'impulsion des idées de la Révolution que sont créés en France, puis dans le reste de l'Europe, les musées publics que nous connaissons aujourd'hui. L'État constitue alors d'immenses collections grâce à la confiscation des biens de la noblesse et du clergé, puis au « pillage » napoléonien des richesses du monde. Le parfait symbole de ces lieux où le savoir artistique, scientifique ou technique est mis à la disposition du plus grand nombre est le Louvre. Inauguré en 1793, il connaît une phase d'extension extraordinaire au XIXe siècle et gagne alors son surnom de « plus grand musée du monde ».

Parmi les plus fameux musées d'Europe…

- **Madame Tussaud** (Londres, Royaume-Uni)
Ouvert en 1835. On peut y contempler les célébrités de ce monde en statues de cire. Sa collection est constamment enrichie.
- **Musée du Louvre** (Paris, France)
Plus de 8 millions de personnes viennent, chaque année, admirer ses 35 000 œuvres dont la célèbre *Joconde* de Léonard de Vinci.
- **Musée Guggenheim** (Bilbao, Espagne)
Son étonnante architecture qui le fait ressembler à un cargo de science-fiction échoué justifie, à elle seule, qu'on le visite.
- **Rijksmuseum** (Amsterdam, Pays-Bas)
Il abrite une extraordinaire collection de peintures hollandaises dont des toiles de Rembrandt et de Vermeer.
- **British Museum** (Londres, Royaume-Uni)
Il est connu dans le monde entier pour ses collections antiques et archéologiques. On peut y admirer la frise du Parthénon ou des momies égyptiennes.
- **Musée du Prado** (Madrid, Espagne)
C'est un des plus anciens musées d'Europe. Il abrite des œuvres de peintres espagnols (Vélasquez, Goya, le Greco), italiens (Raphaël, Titien) ou flamands (Rubens, Bruegel).
- **London Dungeon** (Londres, Royaume-Uni)
On y découvre les chapitres les plus horribles de l'histoire de Londres comme les tortures médiévales ou les crimes du tueur en série Jack l'Éventreur.
- **Centre Georges-Pompidou** (Paris, France)
Depuis son ouverture en 1977, son étonnante architecture est très controversée. Il abrite une des collections d'art moderne et contemporain les plus importantes au monde.

Bracelet brésilien

Quelques fils colorés suffisent pour confectionner ces porte-bonheur d'Amérique du Sud.

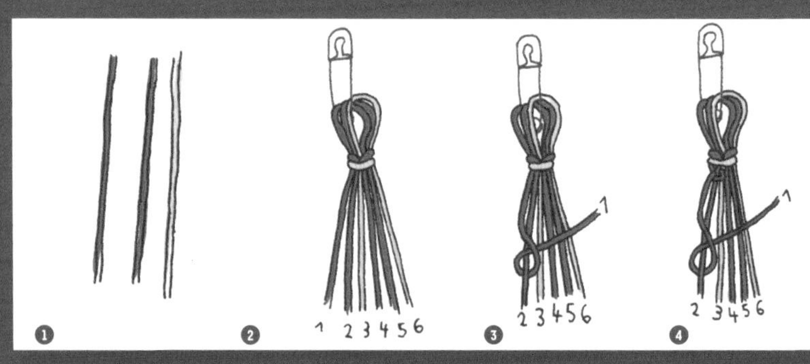

❶ Procure-toi 3 fils de coton de différentes couleurs d'environ 1,50 m. Tu peux choisir de prendre plus ou moins de fils, la méthode est la même. Tu pourras ensuite apprendre à réaliser différents motifs pour tes créations.

❷ Pour un bracelet à 3 fils, plie les fils en deux et fais un nœud simple en laissant 2 à 3 cm libres en haut pour maintenir le bracelet avec une épingle de nourrice pendant que tu le tresses.

❸ Avec le fil 1, forme une boucle sur le fil 2. Tire dessus pour faire remonter le nœud.

❹ Recommence à faire un nœud avec le fil 1 sur le fil 2. Il faut toujours faire deux fois le même nœud.

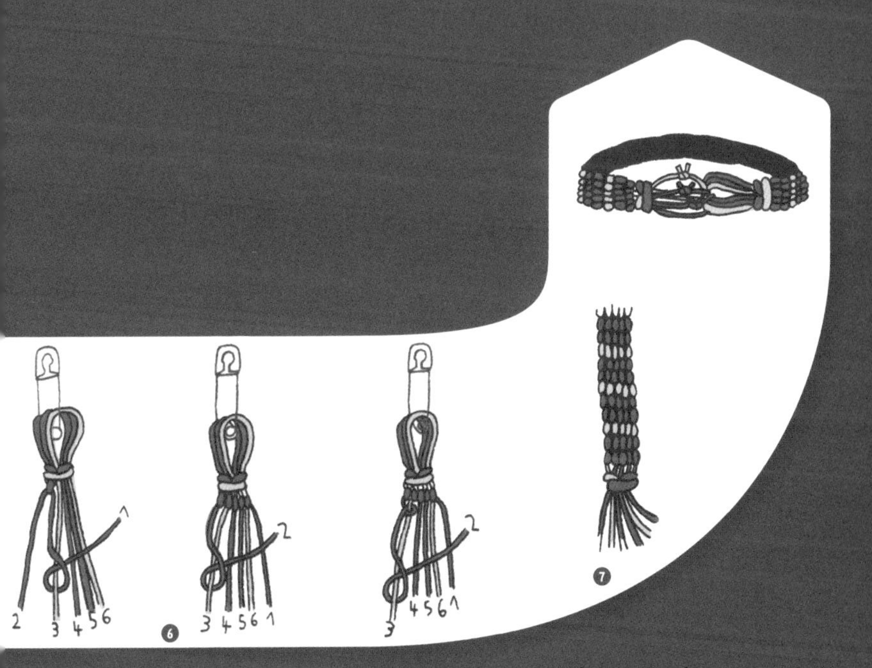

❺ Toujours avec le fil 1, forme une boucle sur le fil 3. Tire pour faire remonter le nœud puis, comme précédemment, fais un nouveau nœud.
Procède ensuite de la même façon en nouant le fil 1 avec les fils 4, 5 et 6, toujours en faisant deux nœuds à chaque fois.
❻ Maintenant que la première rangée est achevée, prends le fil 2 et fais deux nœuds sur les fils 3, 4, 5, 6 et 1.

❼ Cette rangée terminée, commences-en une nouvelle avec le fil 3, et ainsi de suite jusqu'à ce que le bracelet soit à la longueur du poignet.
Pour le fermer, fais un nœud simple avec tous les fils, puis passe la moitié des fils dans la boucle qui tenait à l'épingle. Attache le bracelet en formant 3 nœuds simples. Si tu fais alors un vœu, certains disent qu'il se réalisera lorsque le bracelet tombera naturellement...

L'Europe, c'est quoi ?

Il ne faut pas confondre l'Europe (le continent) avec l'Union européenne.

L'Europe et l'Union européenne

L'Europe désigne la partie occidentale d'un immense continent, l'Eurasie.
L'Union européenne (UE) est l'association de pays qui, après la Seconde Guerre mondiale, se sont unis pour assurer à leurs habitants la paix et la prospérité.
Composée de 6 membres à sa création, l'Union européenne compte aujourd'hui 27 pays.

En cas de problème
On peut contacter les services d'urgence dans n'importe quel pays de l'Union européenne en composant le 112 sur un téléphone, mobile ou fixe.

Les institutions européennes

• Le **Parlement européen** représente les citoyens et se trouve à Strasbourg. Il compte 785 députés élus au suffrage universel direct pour 5 ans. Il élabore les lois avec le Conseil de l'Union.
• La **Commission européenne** propose et veille à l'application de la politique européenne. Elle siège à Bruxelles.
• Le **Conseil de l'Union européenne**, ou Conseil des ministres, réunit les ministres compétents des 27 États membres pour préparer les lois, et siège à Bruxelles.

Mais il y aussi d'autres institutions comme le Conseil européen (qui réunit les chefs d'État et de gouvernement assistés par les ministres des Affaires étrangères et le président de la Commission), la cour de justice, la Cour des comptes, le Comité économique et social, la Banque centrale européenne...

Les symboles de l'UE

• Le **drapeau européen** comporte douze étoiles d'or sur fond azur. Le nombre d'étoiles a été choisi car il est un symbole de perfection et d'unité.
• L'**hymne de l'Europe** est une mélodie tirée de la 9e symphonie de Ludwig van Beethoven : l'« Ode à la joie ».
• Le **9 mai** a été déclaré journée de l'Europe.

La monnaie européenne

L'euro est la monnaie de 13 pays de l'Union européenne : l'Allemagne, l'Autriche, la Belgique, l'Espagne, la Finlande, la France, la Grèce, l'Irlande, l'Italie, le Luxembourg, les Pays-Bas, le Portugal et la Slovénie.

Passeport pour l'Europe

Dans les rues des villes, tu vas sans doute croiser des Européens. Voici quelques repères pour savoir d'où ils viennent et pour faire leur connaissance.

Vocabulaire européen de survie

FRANÇAIS	**Bonjour**	**Au revoir**	**Oui**	**Non**	**Merci**	**Où sont les toilettes ?**	**Comment t'appelles-tu ?**	**Je t'aime**
ALLEMAND	Guten Tag	Auf Wiedersehen	Ja	Nein	Danke	Wo ist die Toilette ?	Wie heisst du ?	Ich liebe dich
ANGLAIS	Hello	Good bye	Yes	No	Thank you	Where are the restrooms ?	What is your name ?	I love yo
CROATE	Dobar dan	Doviđenja	Da	Ne	Hvala	Gdje se nalazi WC?	Kako se zoveš ?	Volim te
DANOIS	Goddag	Farvel	Ja	Nej	Tak	Hvor er toilettet ?	Hvad hedder du ?	Jeg elske dig
ESPAGNOL	Buenos días / Holà	Adiós / Hasta luego	Sí	No	Gracias	¿ Dónde están los servicios ?	¿ Cómo te llamas ?	Te quier
ESTONIEN	Tere	Head aega	Jah	Ei	Aitäh	Kus asuvad tualetid ?	Mis on sinu nimi ?	Ma arma stan sin
GREC	Kaliméra	Antio	Né	Oki	Efkaristo	Pou iné i toilétès ?	Pos sé léné ?	Se agap
ITALIEN	Buon giorno / Ciao	Ciao / Arrivederci	Si	No	Grazie	Dov'è il bagno ?	Come ti chiami?	Ti amo
NÉERLANDAIS	Goedendag	Tot ziens	Ja	Nee	dank u	Waar is het toilet ?	Hoe heet je ?	Ik hou va jou
PORTUGAIS	Bom dia / Olá	Adeus	Sim	Não	Obrigado (masculin) Obrigada (féminin)	Onde è a casa de banho ?	Como te chamas ?	Amo-te
ROUMAIN	Bună ziua	La revedere	Da	Nu	Mulţ umeșc	Unde este toaleta ?	Cum te chiamă ?	Te iubes
SUÉDOIS	God dag	Adjö / Hej då	Ja	Nej	Tack	Var är toaletten ?	Vad heter du ?	Jag älsk dig

Albanie, Allemagne, Autriche, Belgique, Biélorussie, Bosnie-Herzégovine, Bulgarie, Chypre, Croatie, Danemark, Espagne, Estonie, Fédération de Russie, Finlande, France, Grèce, Hongrie, Irlande, Islande, Italie, Kosovo, Lettonie, Lituanie, Luxembourg, Macédoine, Malte, Moldavie, Monténégro, Norvège, Pays-Bas, Pologne, Portugal, République tchèque, Roumanie, Royaume-Uni, Serbie, Slovaquie, Slovénie, Suède, Suisse, Ukraine.
Norvège
Suède
Finlande
Oslo
Helsinki
Tallinn
Stockholm
Estonie
Riga
Lettonie
Moscou
Danemark
Copenhague
Lituanie
Vilnius
Fédération de Russie
Minsk
Royaume-Uni
Dublin
Irlande
Pays-Bas
Amsterdam
Berlin
Pologne
Varsovie
Biélorussie
Londres
Belgique
Bruxelles
Allemagne
Kiev
Prague
Luxembourg
Rép. tchèque
Ukraine
Paris
Slovaquie
Vienne
Bratislava
Moldavie
Suisse
Berne
Autriche
Budapest
Hongrie
Chisinau
France
Ljubjana
Slovénie
Zagreb
Roumanie
Belgrade
Croatie
Sarajevo
Bucarest
Pristina
Bulgarie
Sofia
Italie
Podgorica
Macédoine
Espagne
Rome
Tirana
Skopje
Madrid
Portugal
Albanie
Lisbonne
❶ Luxembourg
❷ Kosovo
❸ Bosnie-Herzégovine
❹ Monténégro
❺ Serbie
Grèce
Athènes
Malte
La Valette
Chypre
Nicosie

L'Europe en fête

Voici quelques grandes fêtes en Europe. Note-les sur ton agenda : cela peut être l'occasion de découvrir une ville sous son meilleur jour !

Janvier

• La ***Befana***, ou fête de la sorcière, a lieu le 6 janvier à Rome (Italie) avec une foire sur la piazza Navona. La sorcière distribue des bonbons ou du charbon aux enfants selon qu'ils ont été sages ou pas.
• Le ***Día del Reis*** (le jour des Rois) célèbre l'Épiphanie à Barcelone (Espagne) avec des Rois mages qui offrent des bonbons dans la ville.

Février

• Le **carnaval de Venise** (Italie) avec ses personnages costumés et masqués sur la place Saint-Marc ou le long des canaux dure les 12 jours précédant le mardi gras.
• Le **carnaval de Binche** (Belgique) qui culmine durant les trois jours gras. Le mardi gras apparaissent les Gilles avec leur chapeau de plumes d'autruche, leurs grelots et leurs sabots.
• Le **carnaval de Nice** avec ses batailles de fleurs et son corso (défilé de chars) fleuri a lieu les 2 dernières semaines de février.

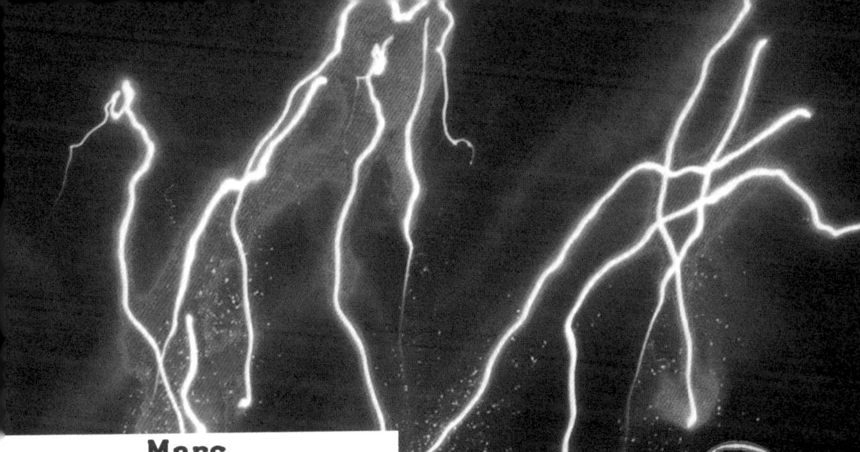

Mars

• Au début du mois se déroule, à Gijón (Espagne), la **Foire européenne de théâtre pour enfants** (FETEN) qui rassemble près de 400 compagnies originaires de 14 pays différents.

Avril

• À Alcoy (Espagne), la fête ***Mauros y Cristianos*** du 22 au 24 avril commémore, en costumes d'époque, la victoire des Espagnols chrétiens sur les Maures du XIIIe siècle.

Mai

• Le samedi de la 21e semaine de l'année se déroule le **carnaval d'Aalborg** (Danemark), un des plus grands carnavals populaires d'Europe. La semaine précédente a lieu le carnaval des enfants.

Juin

- Le premier jour de l'été, le 21 juin, se déroule, dans le monde entier, la **Fête de la Musique** dont la 1re édition a eu lieu en France en 1981, et qui a pour but de promouvoir la musique, celle des amateurs comme celle des professionnels.
- Le ***Torneo dei Quattro Quartieri*** (tournoi des quatre quartiers) a lieu à Florence (Italie) vers le 24, fête de saint Jean-Baptiste (le patron de la ville), et est l'occasion d'assister à des matchs de *calcio storico*, l'ancêtre du football, en costumes du Moyen Âge.
- Le 24 juin, c'est la **Saint-Jean**, où l'on fête partout en Europe le solstice d'été, avec de grands feux d'artifice, des danses et des chants.

Juillet

- Le 2 juillet et le 16 août, à Sienne (Italie), se déroule ***Il Palio***, une course de chevaux durant laquelle, depuis le Moyen Âge, s'affrontent 10 des 17 quartiers de la cité.
- Du 7 au 14 juillet, la fête de la ***San Fermín*** à Pampelune (Espagne) est rythmée tous les matins par l'*encierro*, le lâcher des taureaux dans les rues de la ville qui seront combattus l'après-midi dans les arènes.
- Le 14 juillet commémore la **prise de la Bastille** en 1789. Des bals populaires et des feux d'artifice ont lieu un peu partout en France.
- Les **ferias de Saint-Jean-de-Luz** ont lieu tous les mercredis et dimanches soir pendant la saison estivale avec ses *toros de fuego* et ses confettis.

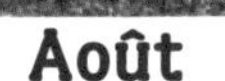

Août

• Le 15 août, c'est l'**Assomption,** une fête chrétienne qui donne souvent lieu à des feux d'artifice.
• De la veille du dernier week-end d'août au 8 septembre, c'est la **Ducasse d'Ath** (Belgique), ou fête des Géants, avec son cortège folklorique issu d'une procession médiévale vieille de cinq siècles.

Octobre

• Le festival celtique **Lowender Peran** a lieu mi-octobre à Penhallow (Royaume-Uni) dans les Cornouailles : concerts, spectacles de danse, théâtre, animations de rue, marché d'artisanat traditionnel, etc.

Novembre

• Le **carnaval de Cologne** (Allemagne) se tient du jeudi au mardi précédant le mercredi des Cendres, avec ses défilés de rue.

Décembre

• À Amsterdam (Pays-Bas), on peut assister, le 6 décembre, à la fête de saint **Nicolas** qui défile sur son cheval blanc en distribuant des cadeaux et des bonbons aux passants.

Records et surnoms des villes

Certaines villes ont un surnom, souvent inspiré de l'histoire ou d'une particularité géographique.

Avec près de **12 millions** d'habitants, plus de 1 Français sur 6 vit à **Paris** ou en **Région parisienne.**

La ville ayant le **plus long NOM** est : **Taumatawhakatangi-hangakoauauotama-teaturipukakapiki-maungahoronukupo-kaiwhenuakitanatahu** en Nouvelle-Zélande.

Plus de **280 villes** dépassent **un million d'habitants** dans le monde.

La ville la **plus PEUPLÉE** d'Europe est **Londres** avec plus de **12 millions** d'habitants.

La vile d'Europe ayant la **plus forte DENSITÉ** est **Paris** avec 20 400 habitants/km².

Plus de **50 % de la population** mondiale vit en **ville**.

La **plus haute TOUR** d'Europe est la **Commerzbank Tower** à Francfort (Allemagne) avec 300,25 m de haut jusqu'à l'antenne.

Le **plus long PONT** d'Europe est le pont **Vasco de Gama** à Lisbonne (Portugal) avec 17 185 m.

Avignon fut, au XIVe siècle, la ville où séjournèrent les papes d'où son surnom de « **Cité des Papes** ».

Marseille, autrefois Massalia, doit son surnom de « **Cité phocéenne** » à ses fondateurs, les habitants de Phocée, une cité grecque.

On appelle la principauté de **Monaco** « **le Rocher** » sans doute parce qu'à l'origine ce n'était qu'un terrain pierreux, stérile et dénudé.

C'est parce qu'elles possèdent d'innombrables canaux que **Stockholm**, **Saint-Pétersbourg**, **Amsterdam** et **Bruges** sont surnommées « **Venise du Nord** ».

Lyon a gardé son titre de « **capitale des Gaules** » depuis l'Empire romain.

C'est parce qu'elle est la cité natale de nombreux coureurs des mers et pilleurs de bateaux anglais comme Surcouf et Dugay-Trouin, qu'on donne à **Saint-Malo** le surnom de « **Cité corsaire** ».

Toulouse doit son surnom de « **Ville rose** » à la couleur des briques employées pour construire les bâtiments du centre-ville.

Venise est surnommée la « **Cité des Doges** » du nom des chefs de l'ancienne République de Venise.

Rome est la « **ville aux sept collines** » en référence aux collines sur lesquelles vivaient les sept tribus qui selon la légende se sont réunies pour fonder la cité au VIIIe siècle avant Jésus-Christ.

Paris doit son surnom de « **Ville Lumière** » au fait qu'elle fut la première à doter ses rues et ses monuments de lumière électrique.

Parce qu'elle a vu naître Napoléon Ier, **Ajaccio** est surnommée la « **Cité impériale** ».

Des secrets bien gardés

Pour transmettre des informations sans les exposer aux yeux de tous, apprends à déguiser les lettres ou à coder les messages : tes secrets seront alors bien gardés.

La grille magique

Une méthode pour coder efficacement un message consiste à utiliser une grille et un mot-clé comportant 5 lettres, différentes les unes des autres.
Dans un tableau de 6 cases sur 6, écris verticalement et horizontalement le mot choisi, puis complète la grille avec les lettres de l'alphabet en plaçant le V et le W dans la même case.

Au moment de rédiger le message, il te suffit de relever les coordonnées de chaque lettre pour composer le message codé.
Dans notre exemple, a devient PP et j = OT.
Mystère s'écrira donc : IITNNNNTPTNIPT.

	P	O	I	N	T
P	a	b	c	d	e
O	f	g	h	i	j
I	k	l	m	n	o
N	p	q	r	s	t
T	u	v/w	x	y	z

Mystérieux messages

Les encres invisibles, qu'on appelle aussi encres sympathiques, sont un excellent moyen de faire passer un message secret. Il faut souvent faire chauffer l'encre invisible pour que le message apparaisse. Par exemple, le jus de citron ou le lait font d'excellentes encres sympathiques. Sur une feuille de papier, on écrit un message secret avec un cure-dent ou un pinceau trempé dans l'un ou l'autre, puis on laisse sécher. Il suffit que le destinataire chauffe le papier avec une bougie (en prenant garde de ne pas provoquer un incendie !) ou un sèche-cheveux pour que le message se révèle à lui.

Messages cachés

Au Ve siècle avant Jésus-Christ, en Grèce, on tatouait le message sur le crâne rasé d'un homme, puis on attendait que ses cheveux repoussent, avant de l'envoyer sur les routes, en pays ennemi. Arrivé à destination, il suffisait de raser à nouveau le crâne de l'émissaire pour prendre connaissance du message.

Le code morse

La voix humaine atteint vite ses limites et, au-delà d'une certaine distance, même un chanteur d'opéra peine à se faire entendre.

Communiquer à distance

Mis au point par le physicien américain Samuel Morse, le télégraphe électrique permet, dès 1844, de transmettre des messages à distance grâce à un code dans lequel les caractères sont représentés par des points et des traits, séparés par des espaces. Ce système, fiable et simple à mettre en œuvre, s'imposa rapidement dans le monde entier. Aujourd'hui, les radioamateurs l'utilisent encore pour communiquer.

Avec l'accent !

Pour mémoriser les signes du code morse, on a coutume de prononcer « TI » les signaux courts marqués par un point et « TA » les signaux longs marqués par un tiret.
SOS s'écrit donc : « ... _ _ _ ... »
et se dit « TI TI TI TA TA TA TI TI TI »

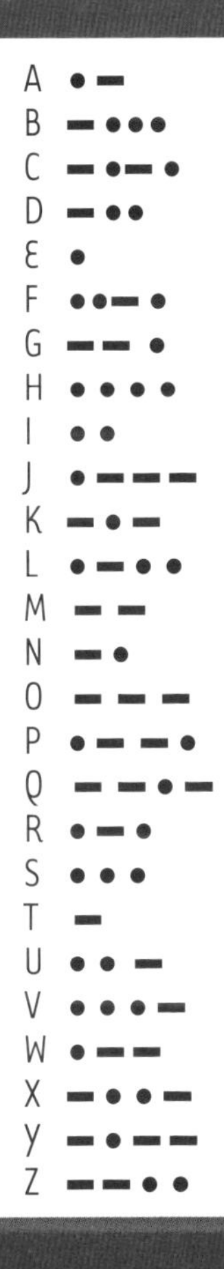
A •–
B –•••
C –•–•
D –••
E •
F ••–•
G ––•
H ••••
I ••
J •–––
K –•–
L •–••
M ––
N –•
O –––
P •––•
Q ––•–
R •–•
S •••
T –
U ••–
V •••–
W •––
X –••–
Y –•––
Z ––••

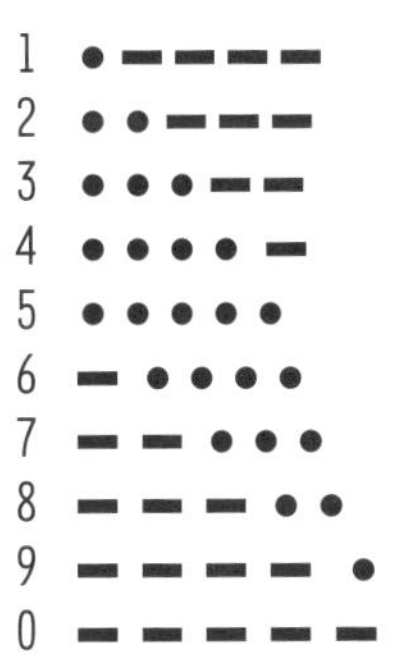
1 •––––
2 ••–––
3 •••––
4 ••••–
5 •••••
6 –••••
7 ––•••
8 –––••
9 ––––•
0 –––––

Une ville la nuit

Une ville est toujours active. Même pendant la nuit, des hommes travaillent : ils veillent sur ceux qui se reposent et préparent le réveil de la ville.

La conquête de la lumière

Pendant des siècles, à la tombée de la nuit, l'activité s'arrêtait et les gens s'enfermaient chez eux. Seules quelques patrouilles d'hommes armés munis de torches parcouraient les rues sombres pour assurer une sécurité minimale.
Pour lutter contre l'insécurité, Louis XIV décide d'installer un éclairage public. Les grandes villes sont alors éclairées de lanternes situées à l'extrémité et au milieu des rues.
En 1744, l'invention du réverbère améliore cet éclairage. Fonctionnant avec de l'huile, il présente néanmoins l'inconvénient de dégager une odeur pestilentielle.
La véritable révolution de

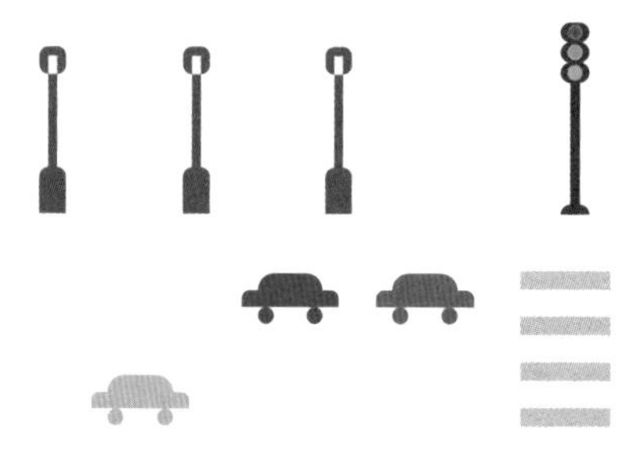

l'éclairage public se produit avec la généralisation de l'éclairage au gaz au XVIIIe siècle, puis avec la maîtrise progressive de l'électricité à la fin du XIXe siècle. Depuis, la plupart des villes ont un éclairage public qui ne sert plus seulement à la sécurité des passants mais aussi à l'embellissement et à la mise en valeur des bâtiments et des monuments publics.

Quand tu dors, ils travaillent

Une ville ne dort jamais complètement : c'est une sorte de machine qui ralentit, mais ne s'arrête pas. Des hommes travaillent pour garder en veille ses fonctions vitales, même au cœur de la nuit. Techniciens et ingénieurs surveillent le bon fonctionnement des réseaux comme celui du téléphone, de l'électricité, du gaz ou du chauffage urbain. Dans les hôpitaux, des infirmières veillent sur les malades endormis et des équipes se tiennent prêtes à répondre à n'importe quelle urgence médicale. La sécurité est assurée par des rondes de police et les pompiers interviennent sur tous les accidents. C'est aussi la nuit qu'on réalise les travaux qui, de jour, gêneraient l'activité comme l'entretien du métro, les livraisons, etc. Il y a enfin les noctambules qui vont au cinéma ou au théâtre, dînent au restaurant ou font la fête dans les boîtes de nuit et que ramènent chez eux, au petit matin, les chauffeurs de taxi.

À fond les décibels !

En ville, le bruit est partout mais, selon sa nature, il réjouit ou il agace...

Un monde en effervescence

Les villes ont toujours été des lieux bruyants. Dès l'Antiquité, mille sons retentissaient dans les rues des cités où se mêlaient le brouhaha de la foule et le crissement des roues des chariots sur les pavés.
Au Moyen Âge, chaque quartier avait ses bruits. Dans celui des bouchers, on entendait surtout les cris des animaux, alors qu'ailleurs résonnaient les coups de marteau du forgeron ou les vociférations des marchands ambulants tentant d'attirer les badauds.
Aujourd'hui, le bourdonnement permanent des bus et des voitures domine et masque tous les autres bruits de la vie des habitants de la cité.

Faites du bruit !

Maracas

Remplis la moitié d'un pot de yaourt avec du riz, des pâtes, des grains de café ou de la semoule, puis colle dessus un autre pot de yaourt identique. Tu peux ensuite les décorer comme tu veux. En les secouant, tu recréeras l'ambiance des Indiens d'Amérique du Sud qui ont inventé cet instrument et pour qui *maraca* veut dire « musique ». Astuce : si tu veux que tes maracas soient plus sonores, récupère une canette vide et introduis-y quelques trombones. Ferme le trou avec un peu de papier fixé avec du ruban adhésif.

Tambour à peau de papier

Encolle 2 ou 3 feuilles de papier kraft. Quand elles sont encore humides, tends-les sur un pot de fleur en terre cuite ou une grosse boîte métallique. Maintiens le tout avec un gros élastique. La peau du tambour se tend en séchant. Frappe dessus avec des baguettes faites avec une boule de cotillon enfoncée sur un bâton.

Bâton de pluie

❶ Procure-toi un grand tuyau en carton comme un de ceux sur lesquels on enroule les tissus ou qui servent à envoyer des affiches par la poste. Avec un petit marteau, enfonce des clous en dessinant une spirale sur toute la longueur du tube.

❷ Quand le tube est couvert de clous, bouches-en une extrémité avec une feuille de papier épais et du ruban adhésif.

❸ Verse un verre de riz ou de lentilles à l'intérieur. Ferme soigneusement l'autre extrémité, retourne le bâton et écoute... Les clous freinent la chute des grains de riz et permettent de produire ce son. Si tu sens que le riz s'écoule trop vite, tu peux ajouter des clous ou du riz.

❹ Quand le résultat te convient, recouvre le tube de plusieurs couches de papier trempé dans la colle à papier peint pour empêcher les clous de ressortir. Quand la colle est sèche, il ne te reste plus qu'à décorer ton bâton de pluie avec de la peinture.

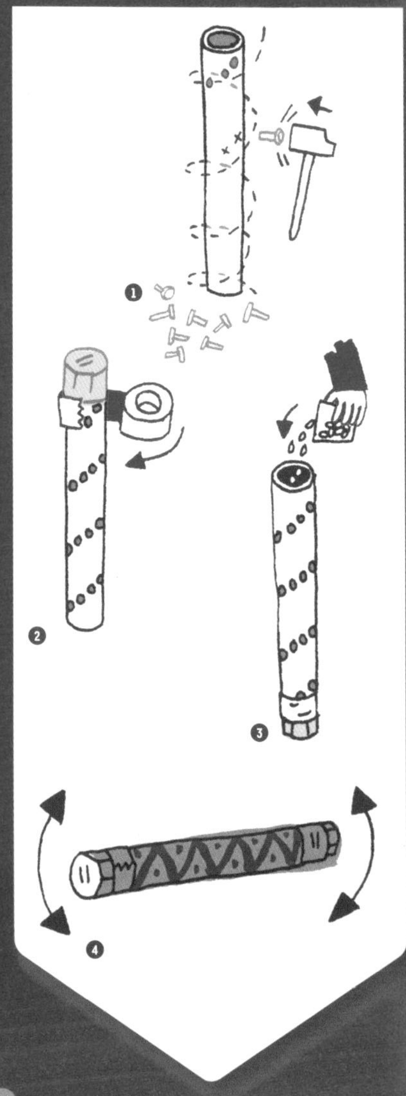

Jeux de bulles

Étonnantes bulles de savon : le moindre souffle les emporte au gré des vents avec leurs couleurs irisées.

Recette pour bulle de compétition

• Mélange 600 à 800 ml d'eau avec 200 ml de savon liquide et 100 ml de glycérine (se vend en pharmacie).
• Laisse reposer la préparation quelques heures.

Les outils du «bulleur»

Pour souffler tes bulles, tu as plusieurs solutions :
❶ Tu peux souffler dans des anneaux en fil de fer torsadé que tu fabriques avec des cintres en métal du teinturier.
❷ Tu peux utiliser une grosse paille en plastique. Fends un de ses bouts en quatre dans le sens de la longueur sur 1 cm et replie les languettes à la manière des pétales d'une fleur.
❸ Tu peux aussi tout simplement utiliser des rouleaux de papier hygiénique ou de papier essuie-tout.

Les arts de rue

La rue joue un rôle essentiel dans la vie des citadins. Ils y circulent, s'y rencontrent, y commercent, y manifestent parfois et, depuis toujours, s'y divertissent et s'y amusent.

Arts de rue, arts populaires

Les artistes de rue existent depuis la nuit des temps. En Chine, des troupes itinérantes pratiquent déjà l'acrobatie dans les rues des cités, 5 000 ans avant Jésus-Christ. Dans la Grèce antique, les jours de foire, magiciens et acrobates avalent des épées, crachent du feu ou pratiquent des tours de prestidigitation sous l'œil ahuri des spectateurs. Du Moyen Âge à la Révolution française, jongleurs, dresseurs d'ours et acrobates parcourent les villes et les campagnes et vont de foire en foire pour divertir les badauds. Sur des scènes improvisées, des troupes de comédiens ambulants font rire les foules avec des plaisanteries grossières ridiculisant les gens importants. À partir du XVIIIe siècle apparaissent les fêtes foraines et les cirques. Le cirque est d'abord un spectacle équestre de voltige et de dressage auquel se sont ajoutés de nouveaux numéros.

Un spectacle au coin de la rue

Ainsi aujourd'hui s'organisent dans toutes les grandes villes des spectacles improvisés. Le week-end, les Londoniens se retrouvent sur la place de Covent Garden, alors que les Parisiens assistent à des numéros de jonglage, de diabolo, de cracheur de feu ou de mime immobile sur la place Georges-Pompidou.

Un nouveau souffle

Depuis quelques années de nouvelles formes de spectacles investissent la rue. C'est, par exemple, la troupe nantaise Royal de Luxe qui, pendant plusieurs jours et gratuitement, propose aux passants, partout dans le monde, d'incroyables spectacles qui mêlent le merveilleux et la démesure. On y voit un éléphant haut de 4 étages pesant 42 tonnes, ou bien la petite géante de près de 10 mètres...

Trucs et tours de passe-passe

Quelques astuces et un peu d'entraînement feront de toi un magicien, capable de commander à la matière et de lire dans les esprits !

Le onze mystérieux

- Prends 21 cartes d'un jeu, n'importe lesquelles, étale les cartes, face découverte, en 3 rangées de 7 cartes en commençant par la rangée du haut.
- Demande à un ami de choisir une carte sans te dire laquelle, et de t'indiquer dans quelle rangée elle se trouve.
- Ramasse les trois rangées de cartes, en plaçant celle où se trouve la carte choisie entre les deux autres.
- Étale de nouveau les cartes en 3 rangées de 7 cartes, puis demande dans laquelle se trouve maintenant la carte choisie.
- Ramasse à nouveau les cartes en plaçant la rangée où se trouve la carte au milieu.
- Recommence l'opération une troisième fois en posant la même question.
- Étale les cartes en les comptant soigneusement. La carte choisie sera toujours la onzième que tu retourneras.

L'œuf contorsionniste

Comment faire entrer (sans l'abîmer) un œuf dur débarrassé de sa coquille dans une bouteille (de jus de fruits, par exemple) dont le goulot est moins large que l'œuf ?
Pour réaliser ce défi, introduis un morceau de papier enflammé dans la bouteille, puis pose immédiatement l'œuf sur le goulot. L'œuf semble prendre vie. Il se dandine, s'allonge, puis glisse lentement le long du goulot avant de tomber à l'intérieur de la bouteille avec un bruit de succion puis un Pan ! bien audible.

Un tour des jardins

Depuis toujours, et partout dans le monde, les hommes ont cherché à recréer dans leurs jardins le paysage mythique de l'Éden où tout est plaisir, paix et sérénité.

Le jardin à la française

Il s'admire dans son ensemble depuis le château. À Versailles, Louis XIV commanda à André Le Nôtre un jardin bien ordonné, avec une vaste perspective géométrique, animée par des parterres de buis, des fontaines et des statues. À cette époque, on aimait tailler les arbres comme des statues de dieux grecs ou romains. On pouvait admirer parfois de véritables scènes de chasse, avec des meutes de chiens en ifs lancées à la poursuite de lièvres en buis...

Le jardin andalou

Enclos fleuri de jasmin, de roses, de chèvrefeuille et de bougainvilliers, ce jardin s'agrémente de fontaines et de bassins aux carrelages multicolores. Inventé par les Perses, cet art fut développé par les Arabes qui, dans le sud de l'Espagne, créèrent à Grenade et à Tolède des jardins dignes de ceux des contes des *Mille et Une Nuits*.

Le jardin à l'anglaise

Apparu en Angleterre au XVIIIe siècle, il imite les paysages naturels. Les haies taillées sont remplacées par des bosquets, plantés çà et là sur de vastes pelouses ; les allées tortueuses et les buttes débouchent sur des surprises : grottes et ruines artificielles, kiosques, répliques miniaturisées de pagodes ou de temples grecs... répondent au goût des romantiques pour l'exotisme.

Le jardin japonais

Il a toujours été conçu comme une maquette poétique de l'Univers, avec ses trois éléments : le végétal, le minéral et l'aquatique. On y trouve des bassins, des rivières artificielles, des ponts, des rochers, des lanternes, de petits arbustes taillés et des bambous, et le pavillon ou le salon de thé.

Arbres des allées, des parcs et des jardins

Les parcs de nos villes abritent des arbres d'origine européenne mais aussi d'autres que des botanistes ont rapportés du bout du monde.

Origine européenne

↗ **Érable sycomore**
Il pousse très vite et atteint facilement 25 m.

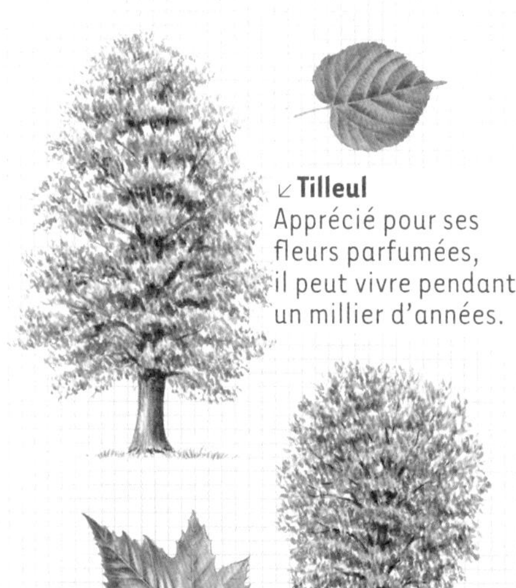

↙ **Tilleul**
Apprécié pour ses fleurs parfumées, il peut vivre pendant un millier d'années.

↗ **Platane**
C'est l'arbre d'ornement par excellence, celui qui borde les avenues des villes comme les routes de campagne.

Origine africaine

↗ **Palmier** ou **dattier des Canaries**
Emblématique de la Côte d'Azur, c'est l'un des palmiers les plus cultivés dans le monde.

Origine asiatique

↘ **Marronnier**
Ce bel arbre peut atteindre 25 m et vivre 300 ans.

↑ **Ginkgo** ou **« arbre aux 40 écus »**
Originaire de Chine, ce fossile vivant existe depuis 200 millions d'années.

↗ **Saule pleureur**
Il aime les sols humides et riches des berges des rivières.

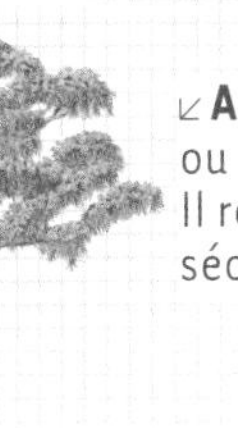

↙ **Acacia de Constantinople** ou **arbre à soie**
Il résiste très bien à la sécheresse et à la pollution.

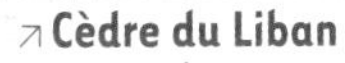

↗ **Cèdre du Liban**
Ce conifère est tellement imposant qu'on ne le rencontre que dans les grands parcs.

↙ **Peuplier d'Italie**
Originaire d'Iran, il se reconnaît facilement à sa silhouette longiligne.

Origine américaine

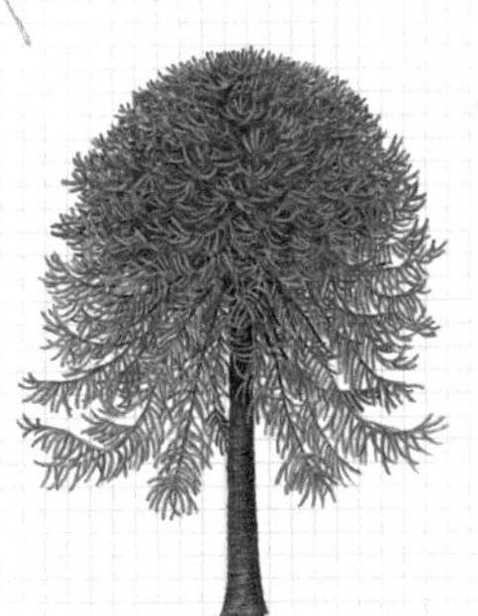

↙ **Araucaria du Chili** ou **désespoir des singes**
Il doit son nom à ses feuilles dures et pointues qui empêchent les singes, attirés par ses graines, de grimper à cet arbre.

↖ **Magnolia**
Ce grand arbre au feuillage persistant ne supporte pas les hivers froids.

L'arbre en ville

Les arbres de nos villes supportent un environnement très hostile où ils subissent de multiples agressions et contraintes. Ils jouent pourtant un rôle essentiel dans l'amélioration de la qualité de la vie urbaine.

Pas drôle tous les jours!

La vie d'un arbre en ville est très dure : aucun désagrément ne lui est épargné. Non seulement on ne lui laisse qu'une petite place entre les façades, mais on ne respecte pas non plus son cycle naturel en le plaçant à proximité de lampadaires qui perturbent l'alternance du jour et de la nuit. Il doit aussi subir et résister à la pollution de l'air. Quant à ses racines, déjà asphyxiées par les déjections des animaux de compagnie, il leur faut s'immiscer entre les bordures de trottoirs d'un côté, les sous-sols des habitations de l'autre et se frayer un passage au travers des multiples canalisations pour atteindre un sol souvent sec et stérile.

Bienfaiteurs des villes

Si les arbres de nos villes donnent âme et vie à nos places et à nos quartiers, ils ne font pas qu'embellir les rues, offrir de l'ombre et de la fraîcheur pour les jours de canicule. Ce sont des « usines » à oxygène qui purifient l'air que nous respirons, réduisent les polluants et captent les poussières en suspension. Les arbres enrichissent les sols, les protègent de l'érosion et diminuent les risques d'inondation. Enfin, ils maintiennent dans nos villes une faune qui, sans eux, aurait depuis longtemps disparu.

Les champions de l'adaptation
Le platane, l'érable, le marronnier et le tilleul sont les arbres que l'on rencontre le plus souvent en ville car ce sont ceux qui résistent le mieux à ces agressions. À Paris, ils représentent 60 % des arbres de la capitale.

Horticulture en chambre

Même si tu ne disposes pas d'un jardin où cultiver quelques fleurs, tu peux tout de même, avec un peu d'astuce, transformer ta chambre en un jardin luxuriant.

Mini potager

De nombreux légumes se prêtent facilement au jardinage en chambre. Leurs graines ne coûtent pas cher et lèvent rapidement.

• Tu peux, par exemple, semer des graines de cresson sur une éponge maintenue humide
et placée dans un endroit chaud. En quelques jours, elle se couvre de dizaines de pousses minuscules qui ressemblent à des cheveux et que tu peux manger en salade.

• Quant aux graines de radis, fais-les tremper une nuit dans l'eau, puis plante-les, une par une, dans des coquilles d'œufs vides posées sur un coquetier et remplies de terreau bien tassé.

Des fleurs qui durent longtemps

Pour que les fleurs de tes bouquets gardent plus longtemps leur fraîcheur, mets un cachet d'aspirine ou un morceau de sucre dans l'eau du vase.

Arrosage automatique

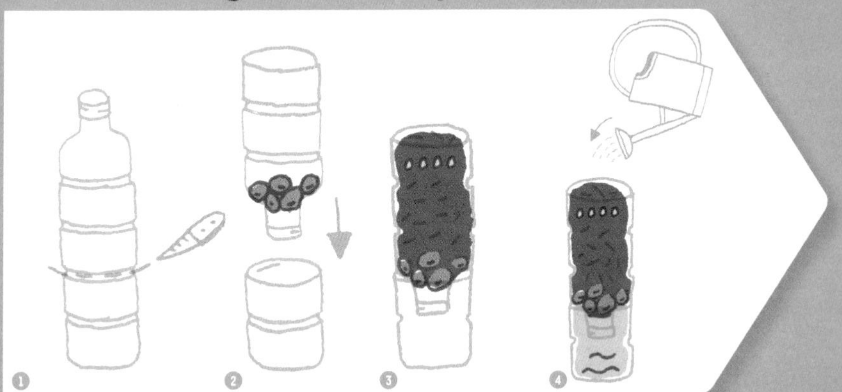

Les fruits sont pleins de graines. Pourquoi ne pas récupérer les noyaux et les pépins pour les planter ?

• Lave-les à l'eau tiède, puis laisse-les sécher.

• Il faut aider la nature en fendant la coque des noyaux sans endommager l'amande. Demande de l'aide à un adulte pour cela.

❶ Découpe une bouteille d'eau en plastique au 2/3. Le fond servira de réserve d'eau et le goulot fera fonction de pot.

❷ Enfonce le goulot retourné dans le fond de la bouteille. Places-y un ou deux cailloux pour éviter que l'eau ne s'écoule trop vite.

❸ Remplis le goulot avec du terreau, tasse-le, dispose dessus les graines (ou les noyaux) et recouvre-les légèrement de terreau.

❹ Arrose doucement jusqu'à ce que le goulot trempe dans l'eau. Ainsi, la terre absorbe l'eau et reste humide.

Astuces : Ne mets pas plus de 5 pépins et 2 noyaux dans un pot, maintiens une température toujours supérieure à 21 °C. Les jeunes plants apparaîtront 3 à 4 semaines plus tard.

Oiseaux des rues, des parcs et des jardins

Si les villes sont faites par et pour les hommes, certains animaux dont de nombreux oiseaux y trouvent de confortables conditions de vie.

↗ Pinson des arbres
Le mâle défend avec acharnement son territoire contre les intrus. Les disputes avec la femelle sont aussi fréquentes même si le couple reste uni.

↗ Rouge-gorge
Territorial et solitaire, c'est un oiseau agressif : il n'est pas rare de voir deux mâles se battre, parfois même jusqu'à la mort.

↙ Tourterelle turque
Elle reste toute l'année dans la ville où elle vit le plus souvent en couple.

↗ Pigeon
C'est l'oiseau de ville par excellence. Il niche dans les cavités des bâtiments où on le repère facilement grâce à son roucoulement caractéristique.

↗ Bergeronnette grise
Quelques-unes migrent en automne vers le sud, mais beaucoup restent en hiver près des immeubles et des usines.

↗ Mésange bleue
C'est une acrobate capable de se suspendre la tête en bas, au bout d'une branche pour capturer des œufs et des larves d'insectes.

↗ **Martinet noir**
Il passe presque toute sa vie en vol et, au printemps, construit son nid sous le toit des maisons ou dans un trou de mur.

↗ **Merle noir**
Très apprécié pour ses chants mélodieux; on le distingue de la corneille par son bec jaune orangé.

← **Corneille noire**
C'est un oiseau entièrement noir, des pattes jusqu'au bec, qui se nourrit de charognes, d'insectes, de graines, de fruits ou d'oisillons d'autres espèces d'oiseaux.

↗ **Moineau domestique**
Il niche sous les tuiles ou sur les rebords des toits ou dans les trous des murs. Depuis une trentaine d'années, leur nombre ne cesse de diminuer.

← **Grimpereau des jardins**
Il grimpe en spirale le long des arbres à la recherche d'insectes et d'araignées.

↙ **Fauvette à tête noire**
Elle est peu visible car elle passe l'essentiel de son temps à l'abri des feuillages, dans les buissons ou sur les branches hautes des arbres.

↙ **Pie bavarde**
Le mâle et la femelle forment un couple aux liens solides. Ils ne fréquentent leurs congénères qu'en hiver, formant alors des groupes bruyants.

→ **Étourneau sansonnet**
Il vit en groupes immenses et très bruyants. Cet oiseau sait imiter les cris et chants des autres oiseaux.

Un boomerang de salon

Pour s'initier au lancer du boomerang en plein air, tu peux fabriquer un modèle miniature adapté au vol d'intérieur.

❶ Découpe dans un carton léger mais rigide un L en respectant les mesures indiquées sur le croquis.
❷ À l'aide de ciseaux, arrondis les angles des pales.
❸ N'oublie pas de le décorer pour le personnaliser avec des gommettes ou de la peinture.
❹ Pose ensuite ce petit boomerang dans le creux de la paume de ta main gauche et appuie légèrement avec ton index droit en son milieu, pour que les pales se relèvent à la manière des ailes d'un planeur.
❺ Pose-le ensuite sur ton poing gauche, en laissant dépasser la branche la plus longue. Propulse-le dans les airs d'une pichenette énergique. Avec un peu d'expérience, tu trouveras l'angle qui, à chaque tir, fera revenir le boomerang à tes pieds.

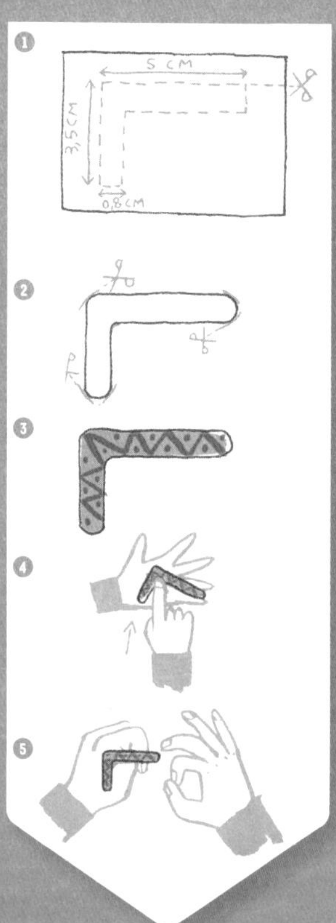

Un pique-nique en ville

Même si le pique-nique se pratique plus souvent à la campagne, on peut aussi partager des repas en plein air avec ses amis ou en famille dans les parcs et les jardins des villes.

Le matériel

- Une gourde pour chacun ;
- Un grand tissu à étaler en guise de nappe ;
- Une glacière ou un sac isotherme pour garder les aliments au frais (à placer à l'ombre) ;
- Serviettes en papier ;
- Papier hygiénique ;
- Sac-poubelle pour les détritus ;
- Un jeu de cartes ou un livre pour un petit repos à l'ombre.

Chacun fait ce qui lui plaît

Depuis l'an 2000, un pique-nique géant est organisé le 14 juillet le long de la méridienne verte qui traverse la France du nord au sud. La 1re édition du Pique-nique de la République avait déjà rassemblé plus de 2 millions de personnes ! Les repas en plein air sont de plus en plus appréciés par les habitants de villes.

Les préparatifs

- Choisis un endroit agréable et tranquille que tu as repéré en visitant les parcs et les jardins proches de chez toi.
- Vérifie bien que la pelouse n'y est pas interdite.

Inventer son pique-nique

Le sandwich est inventé en 1762, par le cuisinier de l'amiral sir John Montagu, comte de Sandwich, pour éviter à son maître de quitter sa table de jeu. Depuis, il a toujours sa place dans un pique-nique réussi !

Le parisien

Étale du beurre sur une baguette coupée en deux et ajoute du jambon blanc et des tranches de comté ou d'emmental.

L'atlantique

Recouvre deux tranches de pain de mie de sauce cocktail et mets-y des crevettes décortiquées avec des morceaux d'avocat, de tomate et un peu de salade.

Le niçois

Dans du pain viennois ou dans une galette de maïs, étale du thon mélangé à de la mayonnaise et ajoute quelques rondelles de tomate ainsi que des feuilles de salade découpées.

Le lyonnais

Beurre ton pain et garnis-le de rondelles de saucisson et de cornichons.

L'ibérico

Pour ce sandwich espagnol, fais cuire une omelette aux pommes de terre et sers-la dans du pain, tu obtiendras un véritable *bocadillo* !

L'italien

Mets un peu de *pesto* sur du pain qu'on appelle *ciabatta*. Dépose aussi une tranche de jambon de Parme, quelques rondelles de tomate et des tranches de mozzarella, et voici un *panino* comme en Italie !

Le grec

Pour retrouver des saveurs grecques, découpe en morceaux de la feta, des tomates, du concombre et un peu de salade que tu verses dans un saladier. Arrose d'un peu d'huile d'olive, ajoute des herbes de Provence, et enfourne le tout dans du pain pita.

Le nordique

Étale un peu de fromage frais sur un bagel ou sur du pain suédois. Dépose une tranche de saumon fumé et quelques gouttes de citron. Si tu veux, tu peux ajouter des rondelles de concombre et un peu de salade verte.

SOS secours

Il y a peu d'animaux vraiment dangereux pour l'homme dans nos régions. Mais la rencontre de certaines bestioles peut gâcher la plus belle des journées d'été.

Ils piquent dare-dare

Les abeilles, guêpes, frelons et parfois les bourdons piquent avec leur dard quand ils se sentent menacés. Celui de l'abeille reste dans la peau : il faut alors l'extraire rapidement avec une pince à épiler par exemple, mais sans appuyer sur la poche à venin pour ne pas en accélérer l'écoulement.

Dans tous les cas, la chaleur tue le venin : il faut chauffer la piqûre avec un sèche-cheveux ou avec le bout incandescent d'une cigarette (attention à ne pas non plus brûler la victime), puis désinfecter la piqûre.

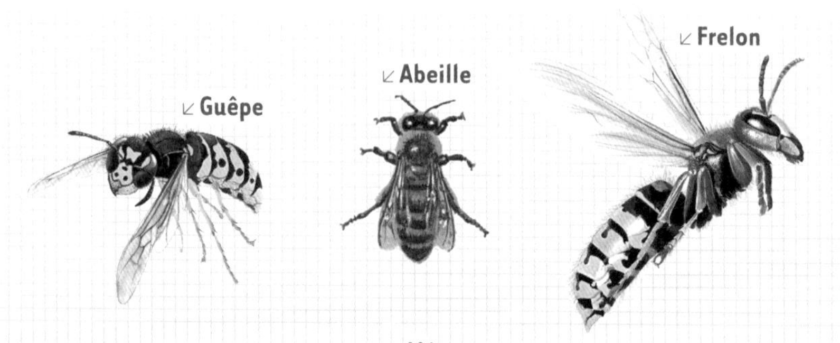

Suceuse de sang

Dans la famille moustique, monsieur est inoffensif, madame pique. Elle attaque le plus souvent à l'aube et au crépuscule. Elle enfonce sa trompe dans la peau de sa victime, injecte un anesthésiant et suce le sang. Repue, elle s'en va : la piqûre commence à démanger. Pour faire fuir ce petit vampire, verse quelques gouttes d'huile de citronnelle sur un bout de coton humide qui parfumera ta chambre et repoussera les indésirables.

Irritante bestiole

Les plus petits ne sont pas les moins gênants… L'herbe humide et ombragée abrite un champion de la démangeaison, l'aoûtat. Pour apaiser les insupportables envies de se gratter que ses piqûres entraînent, prends un bain chaud, frotte-toi avec du savon de Marseille, puis applique, pendant plusieurs jours, une lotion apaisante sur les zones atteintes.

La tactique de la tique

Embusquée dans la verdure, la tique, un gros acarien, s'accroche au promeneur qui passe à sa portée, puis le pique pour se repaître de son sang. La tique peut transmettre des maladies, elle doit donc être retirée le plus rapidement possible. Lave-toi les mains et extraie-la avec une pince à épiler. Il faut éviter de percer son abdomen. Saisis-la le plus près possible de ta peau et tire doucement et tout droit jusqu'à ce qu'elle lâche prise. Ensuite, désinfecte soigneusement la zone.

↙ Moustique

↙ Aoûtat

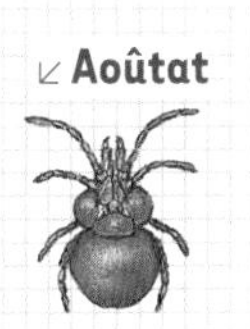

↙ Tique

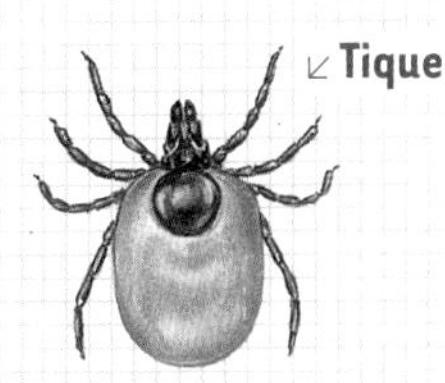

Pâtes en tout genre

Mélange et malaxe d'étonnantes mixtures, et crée des masques, des jouets, des bijoux, des boîtes...

Pâte à modeler maison

Ingrédients :
- 2 verres de farine
- 2 verres d'eau
- 2 verres de sel fin
- 1/2 verre de Maïzena
- 2 c. à soupe d'huile
- 2 c. à soupe de poudre d'alun en guise de conservateur (se trouve en pharmacie)
- quelques gouttes de colorants alimentaires ou des colorants naturels (cacao en poudre, curry...)

• Mélange tous les ingrédients dans une vieille casserole.

• Fais cuire à feu doux sans jamais arrêter de remuer jusqu'à ce que la pâte devienne souple et malléable.

• Laisse la pâte refroidir puis pétris-la pendant quelques minutes avant de la ranger dans une boîte de plastique où elle se conservera sans problème.

Colle à la casserole

Cette colle est parfaite pour se lancer dans des créations de papier mâché.

• Mélange 1/2 tasse de farine avec 1 tasse d'eau froide jusqu'à obtenir un liquide blanchâtre et clair.

• Verse 5 tasses d'eau dans une casserole et attends que l'eau frémisse.

• Ajoute le mélange dans la casserole et laisse cuire à feu doux pendant 2 à 3 minutes en remuant la pâte à colle qui doit devenir bien gluante. Si la pâte est trop liquide ou trop épaisse, ajoute un peu de farine ou d'eau.

Le papier mâché

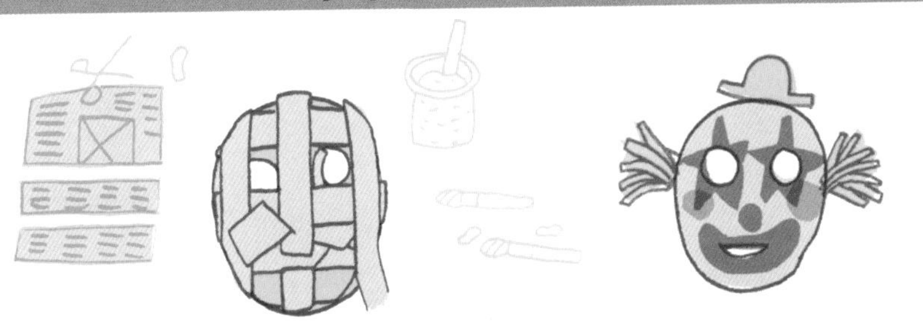

À partir de briques de lait ou de pots de crème vides, de boîtes à fromage, de rouleaux ou d'assiettes en carton, etc., tu peux créer toutes les formes et les objets que tu veux.

- Déchire des pages de vieux journaux en bandes de 5 cm de large ou en petits carrés de 4 cm de côté environ.
- Trempe assez rapidement les morceaux de papier dans la colle à la farine ou dans de la colle à papier peint achetée dans le commerce.
- Élimine le surplus de colle en faisant glisser les bandes entre ton index et ton majeur.
- Recouvre la forme choisie en disposant 3 épaisseurs : croise les bandes ou fais se chevaucher les carrés de papier.
- Lisse à la main pour faire disparaître les bulles d'air.
- Fais sécher le moulage à l'air ambiant ou au sèche-cheveux.
- Recouvre-le avec une sous-couche de peinture acrylique blanche.
- Quand l'objet est sec, décore-le avec de la gouache.
- Ton œuvre terminée, protège-la avec une couche de vernis à gouache.

Les animaux dans la ville

Si les animaux ont eu des millions d'années pour s'adapter à leur habitat naturel, l'homme a chamboulé leurs conditions de vie en 2 000 ans en construisant des villes...

Les avantages de la ville

On imagine souvent que le gris des murs s'oppose trop au vert de la campagne. Pourtant, certaines espèces sauvages sont irrésistiblement attirées par les conditions de vie qu'offrent les villes actuelles, c'est-à-dire une température clémente, une quasi-absence de prédateurs et, surtout, des réserves de nourriture à faire tourner la tête aux plus gloutonnes d'entre elles.

Trouver sa maison

Certains animaux ont réussi à s'adapter à la vie en ville en trouvant des endroits qui leur offrent les mêmes conditions de vie que dans leur habitat naturel.
Les **faucons crécerelles**, par exemple, nichent dans les clochers des églises, retrouvant leur point de vue depuis le sommet des falaises, d'où ils repèrent facilement leurs proies.
Pour les **chauves-souris**, les greniers reconstituent parfaitement l'atmosphère des grottes pour se reproduire ou hiberner.
Quant aux **rats**, les canalisations et les égouts offrent le même confort que les berges des rivières.
Les **renards**, eux, trouvent sous le sol des maisons la même chaleur sèche que dans leur terrier en pleine forêt.
La chaleur des villes due à l'activité de l'homme attire aussi certains oiseaux comme les **étourneaux** qui arrivent par milliers au crépuscule.

Le zoo urbain

Habitants de longue date ou nouveaux venus, certains animaux prospèrent dans des lieux conçus par et pour l'homme, ce qui parfois ne va pas sans poser des problèmes...

Des sangliers à Berlin

À Berlin, les sangliers ont perdu toute crainte de l'homme et se promènent librement dans les rues. Quatre mille d'entre eux fouillent nuit et jour dans les jardins, retournent les poubelles et pénètrent parfois dans les habitations. Pour tenter de réduire leur population, les autorités de la ville ont décrété l'interdiction de les nourrir et ont autorisé quelques chasseurs locaux à les tirer dans les zones résidentielles.

Des castors à Lyon

Le plus gros rongeur d'Europe a recolonisé le centre de la ville de Lyon où plusieurs familles sont installées. Leur présence est très appréciée par les services municipaux qui constatent les effets bénéfiques, sur le débit des cours d'eau, des barrages et canaux de dérivation que construisent ces animaux. Leur présence impose néanmoins de ne jamais oublier de protéger avec du grillage les arbres des berges que l'on ne veut pas voir tronçonnés ou réduits en copeaux !

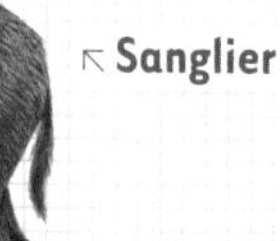

↖ **Sanglier**

↙ **Castor**

Des perruches tropicales en France

Depuis une quinzaine d'années, des perruches à collier originaires des forêts tropicales d'Afrique et d'Inde ont élu domicile dans certaines agglomérations du Nord-Pas-de-Calais, de l'Essonne, de la Seine-Saint-Denis ou bien encore des Bouches-du-Rhône et des Alpes-Maritimes. Il s'agit d'animaux échappés de volière qui semblent s'accommoder fort bien de leur nouvelle vie en ville.

Les corbeaux de Londres

Dans la Tour de Londres, le musée où sont exposés les joyaux de la Couronne, vivent sept grands corbeaux sur lesquels veille en permanence un gardien. En effet, selon une croyance populaire, la Tour s'effondrerait et le royaume d'Angleterre succomberait à une invasion étrangère si ces oiseaux venaient à disparaître.

Des moules à Paris

Les moules ne prospèrent pas que sur les bords de mer. Dans les rivières et les canaux qui coulent au centre des villes, comme le canal Saint-Martin à Paris, vit une grande moule de presque 8 cm de long qui doit son nom de « mulette des peintres » au fait qu'autrefois sa coquille servait de godet aux aquarellistes.

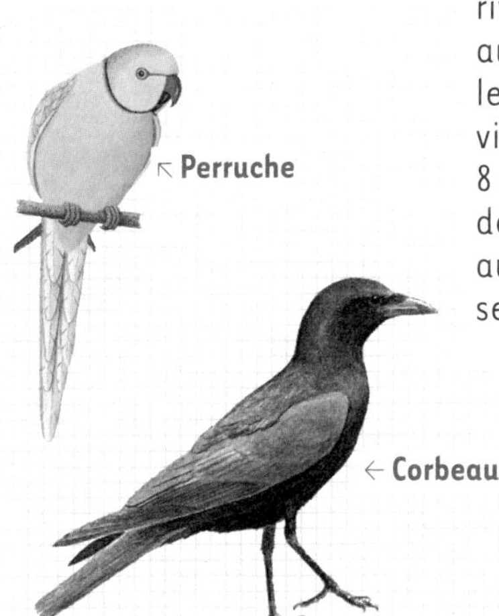

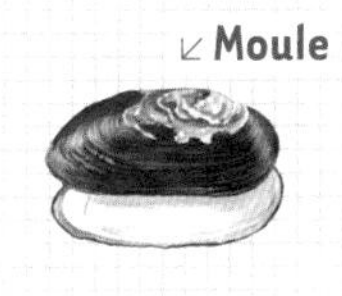

Animaux des rues, des parcs et des jardins

La ville n'est pas qu'un lieu artificiel fait de pierre et de béton, c'est aussi un petit monde où quelques animaux sauvages trouvent des conditions favorables à leur survie.

Mammifères

↗ **Fouine**
Ce carnivore, actif la nuit et excellent grimpeur, n'hésite pas à chercher de quoi manger dans les poubelles !

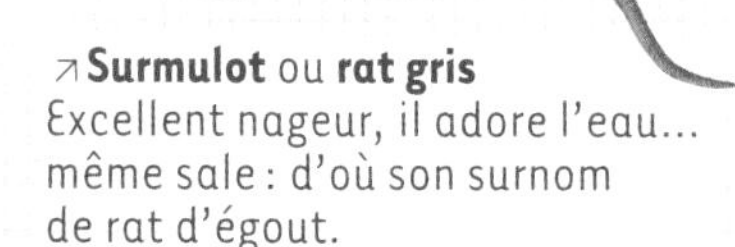

↗ **Surmulot** ou **rat gris**
Excellent nageur, il adore l'eau… même sale : d'où son surnom de rat d'égout.

↗ **Pipistrelle**
Vivant en colonies, elle envahit le ciel des villes aux beaux jours en quête de moustiques, papillons de nuit et d'autres insectes.

↙ **Souris domestique** ou **souris grise**
Extrêmement discrète, elle n'est active que la nuit. Mais ses crottes, ses petits glapissements, sa mauvaise odeur et les dégâts qu'elle occasionne trahissent sa présence.

↗ **Sérotine**
Elle hiberne d'octobre à avril dans des caves, des grottes ou des greniers.

↖ **Renard**
Alors qu'à la campagne il est plutôt solitaire, en ville, il vit souvent en clan composé d'un mâle et de plusieurs femelles.

→ **Écureuil roux**
Il est fréquent dans les parcs urbains ou dans les jardins où se trouvent de grands arbres et dans lesquels il saute avec agilité de branche en branche.

Amphibiens

↗ **Crapaud**
Plutôt nocturne, on le croise parfois les jours de pluie en train de chasser limaces et insectes dont il se nourrit.

↗ **Hérisson**
Il fréquente les jardins et les poubelles à la recherche de nourriture. Quand il se sent menacé, il se roule en boule.

Reptiles

↗ **Lézard des murailles**
Il fréquente les endroits pierreux et secs, mais aussi les voies ferrées où il aime se chauffer au soleil.

↗ **Orvet**
Bien qu'il ressemble à un serpent, c'est un lézard sans pattes, parfaitement inoffensif.

Une invitation à goûter

Accueillir ses amis pour son anniversaire ou pour un goûter est un moment privilégié. Voici quelques recettes délicieuses, rapides et « inratables » de gâteaux. Alors, au travail !

Gâteau au chocolat au four à micro-ondes

Il te faut :

- 125 g de chocolat noir
- 125 g de beurre
- 3 œufs
- 125 g de sucre en poudre
- 75 g de farine
- 1 c. à café de levure chimique

• Casse les œufs dans un récipient et verse le sucre, puis bats rapidement le mélange au fouet jusqu'à ce qu'il blanchisse. Ajoute la farine et la levure et mélange à nouveau.

• Fais fondre le chocolat avec 2 cuillerées à soupe d'eau au micro-ondes (1 minute 30, puissance maxi). Ajoute le beurre et mélange.

• Incorpore-le à la préparation précédente.

• Verse le tout dans un moule à gâteau compatible avec la cuisson au micro-ondes.

• Mets ton gâteau à cuire au four à micro-ondes 5 minutes à la puissance maximale et laisse-le refroidir avant de le déguster.

Petits sablés

Il te faut :
- 250 g de farine
- 125 g de sucre glace
- 125 g de beurre
- 20 cl de crème fraîche
- 2 œufs
- 1/2 sachet de sucre vanillé
- 1 pincée de sel
- 1 c. à soupe d'huile

• Fais fondre le beurre dans une casserole, à feu doux, sans le faire bouillir.

• Dans un grand saladier, mélange la farine, le sucre glace, le sucre vanillé et le sel, puis ajoute 1 œuf, la crème fraîche et la cuillerée d'huile. Quand le beurre est fondu, incorpore-le à cette préparation et malaxe-la avec les mains (propres, bien sûr !).

• Laisse reposer la pâte au moins 1 heure au réfrigérateur.
- Ensuite, étale-la avec un rouleau à pâtisserie sur un plan de travail fariné pour qu'elle fasse 5 mm d'épaisseur environ.

• Découpe tes sablés avec des emporte-pièces et dispose-les sur la plaque du four recouverte de papier sulfurisé.

• Prends l'œuf que tu avais laissé de côté et sépare le blanc du jaune. Fouette le jaune dans un petit bol et, avec un pinceau de cuisine, badigeonne le dessus de tes sablés pour qu'ils dorent !

• Fais chauffer le four à 200 °C (thermostat 7) et laisse cuire environ 10 minutes selon la taille de tes biscuits.

Les squatteurs de la maison

Dans une maison, la vie est partout. On peut même dire que ça grouille de monde et que c'est très organisé. La plupart de ces squatteurs sont discrets et ne sortent souvent de leur cachette que la nuit venue...

Les dormeurs

Le **loir** et son cousin le **lérot** fréquentent les combles de nos maisons où, pendant l'hiver, ils adorent faire leur nid dans l'isolation de la toiture.

↙ **Loir**

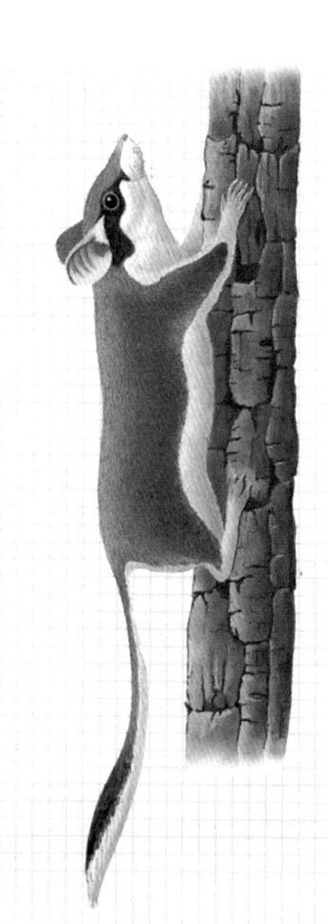

↙ **Lérot**

Les pilleurs

Pas de saison, en revanche, pour la souris ou le rat qui, la nuit venue, se hasardent hors de leur cachette pour grignoter tout ce qui leur tombe sous la dent, du morceau de pain au fil électrique... La **souris**, grâce à sa taille, passe facilement d'une pièce à l'autre avec une préférence pour la cuisine. Le **rat noir**, lui, ne quitte guère le grenier et son atmosphère bien sèche. Quant à la cave, sombre et humide, elle est le domaine du **rat gris**, celui des égouts qu'on appelle aussi surmulot.

Le chasseur

En Provence, il n'est pas rare qu'au début de la nuit on aperçoive une sorte de lézard se déplacer, sans effort apparent, au plafond ou sur un mur. Il s'agit d'une **tarente** ou gecko des murs. Ne la dérange surtout pas. Elle profite de la lumière électrique pour chasser les insectes dont elle se nourrit. Si tu es attentif, tu pourras peut-être entendre les petits cris qu'elle pousse parfois.

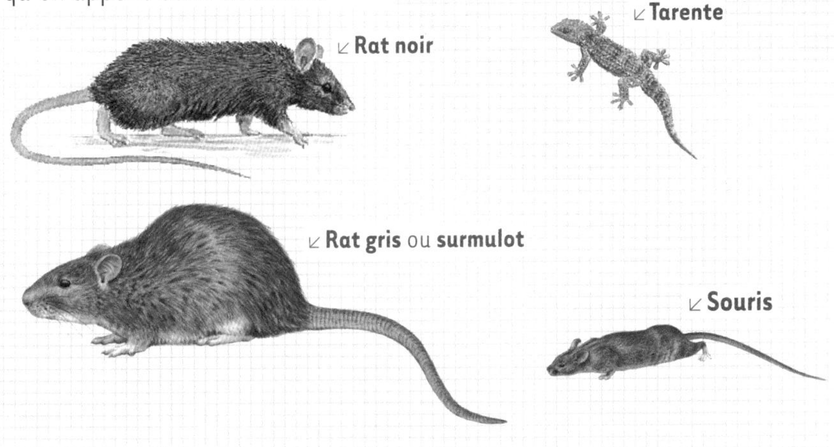

L'occupant des planchers

Le **poisson d'argent**, ou lépisme, ne quitte la fente du plancher où il se cache que si la pièce est vide. Sa couleur vient d'une poussière qui recouvre son corps et qui lui donne ces reflets argentés.

Les prédateurs

Dans la jungle de la maison, les bestioles ne se font pas de cadeau. La **tégénaire**, une grosse araignée inoffensive, emprisonne les mouches et les moustiques dans sa grande toile triangulaire toujours installée dans un coin.
Le **pholque**, une autre araignée aux très longues pattes, chasse à l'affût, suspendue à sa toile, la tête en bas.
La **scutigère**, un mille-pattes, préfère la chasse à courre. Dès que la lumière est éteinte, elle poursuit sans pitié insectes et araignées, et les capture grâce à ses crochets venimeux. Ne la touche pas, sa morsure est douloureuse.

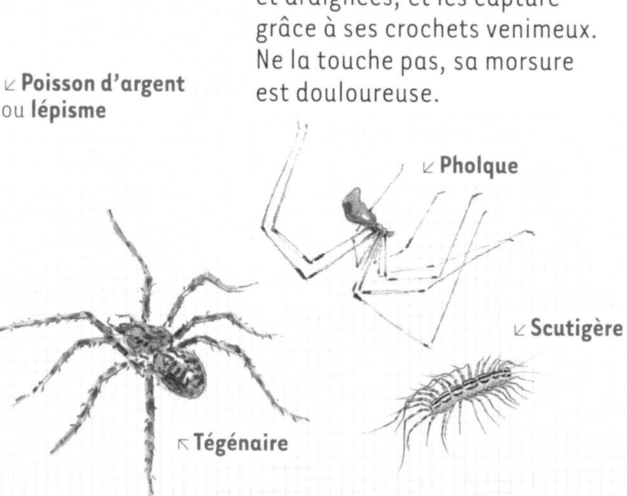

↙ **Poisson d'argent** ou **lépisme**

↙ **Pholque**

↙ **Scutigère**

↖ **Tégénaire**

La mangeuse de vêtements

La larve de **mite**, un petit papillon aux ailes brunâtres, grignote les tapis ou les vêtements rangés dans les placards. Elle se nourrit de tous les textiles faits en fibres naturelles comme la laine, le coton ou la soie.

Les ancêtres

Les **blattes**, ou cafards, sont apparues sur terre il y a plusieurs centaines de millions d'années. Elles colonisent les poubelles, les conduits de chauffage et tous les lieux de la maison où elles trouvent chaleur, humidité et nourriture. Fuyant la lumière, elles ne sont actives que la nuit.

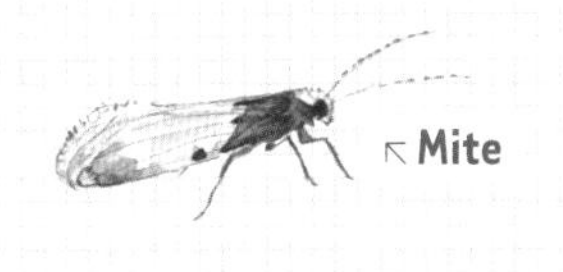

↖ **Mite**

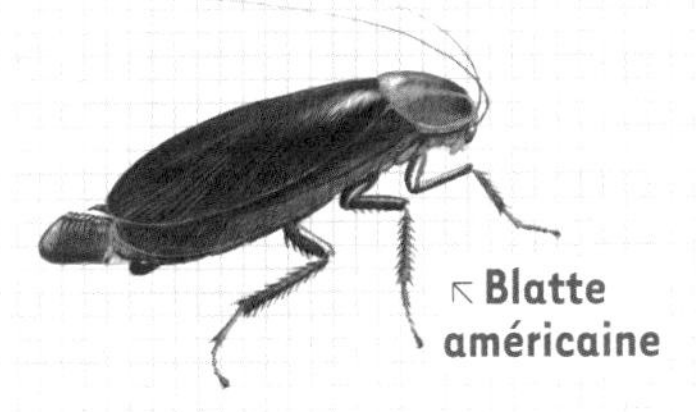

↖ **Blatte américaine**

↘ **Blatte orientale**

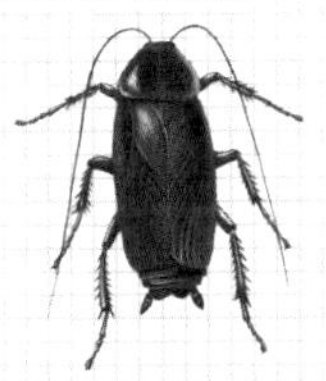

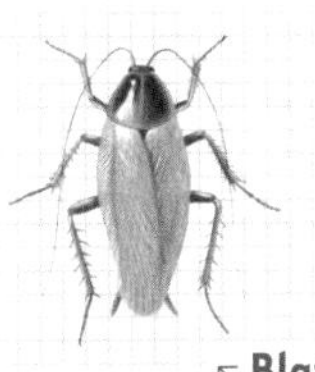

↖ **Blatte germanique**

Des neurones en béton !

Les jeux cérébraux sont ceux qui font travailler le cerveau. Il y en a avec des chiffres ou avec des lettres, mais d'autres sont des jeux de société ou de stratégie.

À la queue leu leu

pour 3 joueurs ou plus
On choisit un thème : prénoms, animaux, métiers....
• Le premier joueur dit un mot.
• Le joueur suivant en donne un à son tour appartenant au même thème et commençant par la dernière lettre du mot, et ainsi de suite.
Par exemple : Éléphant – Tapir – Renard – Dindon – Narval, etc.

Memory

pour 2 joueurs ou plus

• Un joueur rassemble une quinzaine de petits objets (fourchette, jouet, brosse à cheveux, crayon, etc.) et laisse le ou les autres joueurs les observer pendant 30 secondes.

• Ensuite, il les recouvre avec un torchon ou une serviette. Le ou les autres joueurs ont alors 3 minutes pour écrire sur un papier tous les objets dont ils se souviennent.

• Le gagnant est celui qui a retenu le plus d'objets.

Jeux pour après-midi pluvieux

	Prénoms	Métiers	Animaux	Végétaux	Pays	Célébrités
H	Hélène 2	Horloger 1	Hyène 2	Haricot 1	Hongrie 2	H 0

Le petit bac

pour 2 joueurs ou plus

• Les joueurs prennent chacun une feuille et un crayon et se mettent d'accord sur des thèmes (prénoms, métiers, animaux, végétaux, pays, célébrités...). Ils tracent les colonnes pour chaque thème sur leur feuille.

• Pour choisir une lettre, un joueur récite l'alphabet dans sa tête et un autre lui dit stop. Le premier annonce alors la lettre sur laquelle il s'est arrêté.

• Chacun doit trouver un mot pour chaque thème commençant par cette lettre.

• Le premier joueur qui a tout trouvé dit fini et les autres joueurs doivent arrêter d'écrire.

• Les joueurs comparent ensuite leurs réponses. Pour chaque mot trouvé, on marque 2 points sauf si un autre joueur a le même mot, les joueurs n'ont alors que 1 point. Aucun mot ou un mot faux compte 0 point. Chacun fait ensuite son total pour cette lettre.

• Ensuite, un nouveau joueur récite l'alphabet pour choisir une lettre et la partie continue.

Le gagnant est le joueur qui comptabilise le plus de points.

Le «vieux garçon» ou «pouilleux»

pour 3 à 7 joueurs
C'est un jeu de combinaison qui se pratique avec un jeu de 32 cartes auquel on enlève 3 valets pour ne garder que le valet de pique.

- Toutes les cartes étant distribuées, chacun pose devant lui, face visible, les paires qu'il a en main (mêmes chiffres ou mêmes figures, toutes deux rouges ou noires).
- Le premier joueur fait piocher une carte de son jeu à son voisin.
- Si cette carte lui permet de former une paire, il la pose.
- Le deuxième joueur fait de même avec son voisin...

Peu à peu, toutes les paires vont être posées : un seul joueur gardera le valet de pique en main... le perdant !

L'horloge du solitaire

Les cartes ont longtemps été utilisées pour lire dans le futur : réussir ou rater une combinaison était un signe de chance ou de malchance. Peu à peu, les cartes ont perdu ce pouvoir magique et les réussites sont devenues des jeux solitaires.

Cette réussite se joue seul avec un jeu de 52 cartes. Le but est de remettre chaque carte à sa place sur le cadran de l'horloge avant de retourner les 4 rois.

• Après avoir battu les cartes, dispose-les en horloge sur la table en 12 tas de 4 cartes, faces cachées. Pose les 4 cartes qu'il te reste pour faire une pioche au centre.

• Retourne la première carte de la pioche et pose-la sous le tas de l'endroit où elle doit se trouver dans l'horloge. Prends ensuite la carte du dessus de ce même tas et place-la à son tour où elle doit être et ainsi de suite.

• Les chiffres 11 et 12 sont remplacés par le valet et la dame. Les rois occupent le centre du cadran.

• Lorsque tu retournes un roi, pose-le sur le côté et prends la carte du dessus de la pioche.

• Si tu retournes les 4 rois avant d'avoir formé toute l'horloge, la partie est perdue.

Index

Crédits photos Shutterstock / p. 4-5 : © Michal Skowronski, p. 6-7 : © mcseem, p. 8-9 : © Konovalikov Andrey, p. 11 : © Ivan Cholakov , p. 12 : © qushe, p. 14 : © Knud Nielsen, p. 22-23 : © Anson0618, p. 26 : © Scott Prokop, p. 27 : © B. Speckart, p. 28-29 : © John Lindsay-Smith, p. 35 : © Brendan Howard, p. 37 : © LockStockBob, p. 41 : © Steeve Roche , p. 42 : © Vaide Seskauskiene, p. 43 : © K Chelette, p. 46-47 : © Philip Lange, p. 55 : © Péter Gudella, p. 56-57: © Tamakiik, p. 58 : © pandapaw / © dubassy / © ImageryMajestic, p. 62-63 : © Dr_Flash, p. 64-65 : © balaikin, p. 68 : © Rob Wilson, p. 69 : © Albachiara, p. 74-75: © M. Rohana, p. 83 : © Péter Gudella, p. 84 : © A. Längauer, p. 92-93 : © Mark Ross / © Vera Bogaerts, p. 97 : © krechet, p. 119-120 : © Shukaylov Roman, p. 127-128 : © Vakhrushev Pavel, couverture : © Perov Stanislav. **Crédits photos Corbis /** p. 88-89 : © Rune Hellestad. **Crédits photos /** p. 72-73 : © Pol Cohat. **Illustrations naturalistes : © Gallimard Jeunesse et © Gallimard Loisirs /** Christian Broutin, Jean Chevallier, Denis Clavreul , François Desbordes, Bernard Duhem, Claire Felloni, Ute Fuhr, Gilbert Houbre, Catherine Lachaud, Dominique Mansion, René Mettler, Daniel Moignot, Pascal Robin, Raoul Sautai, John Wilkinson. **Illustrations d'architecture : © Gallimard Loisirs /** Philippe Briard, Philippe Lhez, Jean-François Péneau.